Mathias Müller & Marcel Dax, Hrsg.

Ein Viertelstündchen Frankfurt 2

Charles Verlag

Impressum:
CharlesVerlag, Mathias Müller & Marcel Dax GbR, Frankfurt am Main, www.charlesverlag.de
Druck: Booksfactory
Lektorat: Sonja Rudorf
Umschlaggestaltung: Marcel Dax

ISBN 978-3-940387-58-5

1. Auflage 2018

Bibliographische Information der Deutschen Nationalbibliothek
Die Deutsche Nationalbibliothek verzeichnet diese Publikation in der Deutschen Nationalbibliographie; detaillierte bibliographische Daten sind im Internet unter http://dnb.dbb.de abrufbar

Es ist ein großer Unterschied ob ich lese zu Genuß und Belebung oder zu Erkenntnis und Belehrung.

Johann Wolfgang Goethe

Inhaltsverzeichnis

Aus Alt mach Neu
Über die Frankfurter Altstadt

Nettigkeit kennt keine Grenzen!
Eine Satire von Achim Winter

Hessisches Wörterbuch
Das Wichtigste von A bis Z

Tante Guste und das Irrenschloß
Eine Kurzgeschichte von Nikola Hahn

Vom Pferd zum Strom
Die Geschichte der Frankfurter Trambahn

Frankfurt an der Nidda – Eine Zeitreise mit Folgen
Eine Kurzgeschichte von Daniel Holbe

Vergessene Namen
Die Namen hinter Frankfurter Straßen und Plätzen

Die Kerze
Eine Kurzgeschichte von Meddi Müller

Nicht nur gekrönte Häupter
Über den Frankfurter Kaiserdom

Alles andere als kalter Kaffee!
Ein Essay von Thomas Ranft

Willkommen zurück!

Wir gratulieren zum Kauf des zweiten Viertelstündchens, liebe Leserin oder lieber Leser.

Sollten Sie dieses Buch vor dem ersten Band lesen … auch gut. In diesem Fall hoffen wir, dass Sie nach der Lektüre dieses Buches sofort in den Laden gehen und sich Band 1 des Viertelstündchens besorgen.
So oder so … etwas hat Sie dazu bewogen, dieses Buch zu kaufen. Da wollen wir Sie mal nicht enttäuschen. Wieder haben sich bekannte Frankfurter für Sie Gedanken gemacht, wie Sie Ihnen unsere wunderbare Stadt näherbringen und Ihnen auch einmal von einer anderen, kreativen Seite zeigen können. Herausgekommen sind dabei 10 wundervolle Geschichten und Textbeiträge, die Sie für ein Viertelstündchen in eine andere Welt entführen. Sozusagen tolle Unterhaltung im Viertelstundentakt.

Zwischendurch haben wir wieder versucht, mit unseren Artikeln Frankfurts Geheimnisse zu lüften und Ihnen dabei zu helfen, mit einem neuen Blick durch unsere Stadt zu ziehen. Insiderinformationen helfen Ihnen nach der Lektüre dieses Buches, Ihrem Besuch von Außerhalb noch mehr zu bieten als bisher.

Frankfurt, das sind nicht nur Banken, Hochhäuser und Fluglärm. Frankfurt steht für Herzlichkeit, Tradition und Heimat. Das *Viertelstündchen* möchte Ihnen Frankfurt in all seinen Facetten zeigen. Sowohl von der modernen, als auch von der traditionellen Seite; quasi allumfassend. Aber immer mit einem Augenzwinkern bitte, denn das Leben ist ernst genug.

Frankfurt ist für seine Vielfalt berühmt. Es ist weltoffen und zugleich verschlossen, laut und auch verträumt, wunderschön und hässlich, kaltblütig und warmherzig. In vielem so widersprüchlich wie ein fliegender Fisch oder ein tauchender Vogel, was es ja auch beides gibt ... aber irgendwie nicht passt … dann aber wieder doch … Sie wissen, was wir meinen.

Sehr oft inszeniert sich die Stadt als Metropole. Wenn man dann aber auf die Wochenmärkte oder in die Kleinmarkthalle geht, wo man die *echten* Frankfurter trifft, ist es auf einmal ein Dorf. Es wird getratscht, geknoddert und gelacht, man kennt sich und babbelt mit seinem eigenen Dialekt. Und dann landet auf dem Flugplatz ein Staatsgast, und Frankfurt schaltet um auf diplomatisches Vorzeigemännchen. Das goldene Buch ist voll mit Berühmtheiten, die alle angemessen würdevoll empfangen wurden. Irgendwie paranoid, aber auch einzigartig. Das ist es aber, was unsere Stadt ausmacht. Diese Mischung aus Glaspalast und Äpplerkneipe. Hier darf jeder das sein, was er will. Dem Frankfurter wird immer Unfreundlichkeit vorgeworfen, es handelt sich aber eher um eine Art freundliches Desinteresse. Es kümmert ihn nicht, was sein Gegenüber ist, gemacht hat oder erreichen will. In unserer Stadt wird jeder gleich mürrisch behandelt. Das ist nun mal so. Es dauert, bis man den Frankfurter geknackt hat, aber wenn man es geschafft hat, dann hat man einen Freund für's Leben. Und aufgepasst, … wir verraten Ihnen jetzt die Geheimformel zum Knacken des Frankfurters. Behandeln Sie ihn immer fair und respektvoll, versuchen Sie niemals, ihn für dumm zu verkaufen und, ganz wichtig, bleiben Sie Sie selbst … nach einer Weile wird der Frankfurter über Sie sagen, dass Sie »ganz in Ordnung« sind. Dann haben Sie schon einen riesigen Schritt gemacht. Und wenn er über Ihre Witze lacht, haben Sie es geschafft. Was Sie aber auf jeden Fall mitbringen müssen, ist … Geduld.

Was ist das Rezept des Viertelstündchens?

Um ein gutes Viertelstündchen herzustellen, braucht es vor allem viele Informationen. Dann fügen wir eine ordentliche Portion Heimatliebe hinzu und rühren in Erinnerungen. Abschließend streuen wir eine Prise Kritik darüber und garnieren das Ganze mit Kreativität und langjähriger Erfahrung … heraus kommt: Große Unterhaltung. Auch bei diesem Buch haben wir dieses Rezept angewandt und hoffen, es schmeckt Ihnen.

So, jetzt haben wir aber genug gebabbelt und wünschen Ihnen ausgesprochen feine Unterhaltung mit unserem Werk, hoffen auf Ihr Wohlwollen und freuen uns, wenn es Ihnen gefällt. Wenn dem so ist, erzählen Sie es ruhig weiter, … wenn nicht, behalten Sie's für sich.

Und jetzt wünschen wir Ihnen viel Vergnügen mit
Ein Viertelstündchen Frankfurt - Band 2

Ihre Herausgeber

Marcel Dax & Meddi Müller

Mainhattan, Dodge City und ich

Ein Essay von Uli Aechtner

Ich war noch ein Kind, als ich meine erste Frankfurterin kennenlernte. Sie arbeitete als Kunstgewerbelehrerin in meiner rheinischen Heimat, und meine Mutter erkaufte mir gelegentlich für ein Pfund Kaffee eine Bastelstunde bei ihr. »Ei hoschema«, schimpfte die Gute, wenn ich die plattgebügelten Strohhalme schief auf die Keksdose klebte. Mein erster Kontakt mit einer Fremdsprache. In genau dieser Fremdsprache schilderte sie mir, wie sie in der Frankfurter Innenstadt mit dem Rad gestürzt war. Sie hatte zwei Flaschen Milch bei sich gehabt, die bei dem Sturz zerbrochen waren. Die Passanten zählten die kleinen, milchweißen Scherben. »Jesses, naa! Hat die Fraa viel Zee!« Frei übersetzt: Um Gottes willen! Wie viele Zähne kann so eine Frau nur haben?
Der erste (eingeplackte) Frankfurter, der mein Leben kreuzte, sprach aus dem Fernseher zu mir, hatte neben sich einen Affen sitzen und erklärte in gemächlichem Ton, was dieses Lebewesen für gewöhnlich »aß«, während das Tier dem netten Herrn zufrieden das schüttere Haar zupfte.

Von der Stadt selbst bekam ich zunächst nur den Flughafen zu sehen. Mit unserem VW-Käfer holten wir alle Jahre wieder »unsere Tante aus New York« ab. Was heute ein internationales Drehkreuz ist und so manchem Anwohner die Ruhe raubt, war Ende der Fünfziger noch ein gemütlicher Flugplatz. Meine Eltern schlürften auf einer überdachten Terrasse Kaffee, und ich wartete mit einer Anspannung auf den Düsenflieger aus Übersee, als solle jeden Moment eine Außerirdische einschweben. Als die Tante die fahrbare Treppe herunterkam, Hershey's Kisses,

Twinsets und Levis für uns im Koffer, trennte uns nur ein dünner Maschendrahtzaun vom Geschehen.
Die Straßen Frankfurts eroberte ich zum ersten Mal kurz nach dem Abi im Fiat 500 meiner Mutter. In meinem Führerschein war die Druckerschwärze noch feucht. Gerade mal vierzehn Tage zuvor hatte ich meine Fahrprüfung abgelegt, und die ewigen Warnungen meines rheinischen Fahrlehrers klangen mir noch im Ohr: »Joldstück, de Kuppelung, nä?« Meine Brieffreundin aus Bremerhaven saß neben mir auf dem Beifahrersitz, als wir über die Miquelallee in Richtung Zoo brausten, abwechselnd einen sich immer weiter auflösenden Falkplan auf den Knien. Und obwohl ich beherzt fünfzig fuhr, überholten mich sämtliche Fahrzeuge. Mein Tacho zeigte siebzig, als ich mich kurz dem Frankfurter Tempo anpasste, doch das war zu viel für meine jugendlichen Nerven. Ich ließ unser Autochen auf den Bürgersteig hüpfen und holte erst einmal tief Luft. »Nech, Spöker«, meinte meine Freundin von der Waterkant tröstend, »wenn es dir besser geht, fährsu einfach weiter.«

Jahrzehnte blieb Frankfurt eine Stadt voller Rätsel für mich, bis es meinen Mann Anfang der 1990er Jahre beruflich nach Mainhattan verschlug. Die Preise für eine Wohnung in Bockenheim oder im Nordend trieben einem schon damals die Tränen in die Augen, also wichen wir ins Umland aus und landeten in Dortelweil – dem ältesten Dorf der südlichen Wetterau. Und siehe da: Der Flecken hatte ab 1292 fast sechs Jahrhunderte lang zu Frankfurt gehört und war eine der 7,5 Landgemeinden Frankfurts gewesen. Die linke Hälfte des Dortelweiler Wappens zeigt daher bis heute ein halbes Frankfurter Wappenbild, in der rechten Hälfte prangt ein D für Dortelweil in einem Reichsapfel: Frankfurt war Reichsstadt im Heiligen Römischen Reich Deutscher Nation,

lediglich dem Kaiser zu Steuerabgaben und Heeresfolge verpflichtet.
Dieses Wappen schmückte auch ein Mietshaus in meiner Straße, einen ziemlich langweiligen 60er-Jahre-Bau. Als er vor einiger Zeit frisch verputzt und mit einer modernen Isolation versehen wurde, sah ich den Arbeitern im Vorbeigehen kurz zu. Einer von ihnen hatte das klodeckelgroße Gips-Wappen im Arm, das auf der Hauswand geprangt hatte, allerdings in Einzelteilen. »Ei, isch Dabbes«, klagte er sich selbst an. »Des habbe mir widder aanbringe wolle. Jezz könne mir's net mehr ganzmache.« Kopfschüttelnd warf er alles in den Container. Heute prangt auf dem Haus ein transparentes Schild, welches besagt, dass sich das Wappen unter dem neuen Putz befindet. Und dass anstelle des modernen Kastens hier einst ein Hof der Frankfurter Stiftung »Allgemeine Almosenkasten« gestanden hatte. Die Bevölkerung nannte ihn schlicht »Armenkasten«, 200 Morgen Ackerland und Wiese gehörten dazu. 1578 brannten 13 Häuser und 27 Scheunen in Dortelweil ab, und »die armen Verbrannten aus Durckelweil«, wie es in einer Chronik heißt, baten die Stadt Frankfurt um Steuernachlass. Aus dem Armenkasten bekamen sie umgerechnet tausend Kilo Korn zugewiesen. Das Wappen aus dem Jahr 1742 war mit einem frommen Spruch umrahmt: GOTT WOLLE SICH DER ARMEN ALLE ZEIT ERBARMEN.
Meine ersten Wochen in der ehemaligen Frankfurter Landgemeinde fühlten sich wie Ferien an. Es war tiefer Winter, ich war noch auf der Suche nach neuen Auftraggebern und verbrachte viel Zeit mit meinen Kindern. Wir wanderten zum Dottenfelder Hof und überquerten, nach rechts und links spähend, die Gleise des Stockheimer Lieschens. Dieser Pendlerzug hatte im Laufe der Jahre mehrere Passanten überfahren und hieß bei den

Nachbarkindern schlicht »Mörderlieschen«. Vorsicht war also geboten. Mein Jüngster war mit seinem Dreirad unterwegs, und als ich einen Moment auf dem Feldweg stehen blieb und meine Blicke über die Äcker schweifen ließ, war er plötzlich wie von der Erde verschluckt. War da nicht ein leises Knistern und Knacken gewesen? Zeitversetzt erklang ein Schrei, dann ein Wimmern. Der kleine Kerl war mit seinem Dreirad durch die dünne Eisschicht gebrochen, die den seitlich verlaufenden Graben abdeckte, und im eiskalten Wasser gelandet. Nachdem ich ihn herausgezogen hatte, waren wir beide eisnass und mussten schleunigst nach Hause rennen, allein schon, um uns warm zu halten.
Später fand ich heraus, dass mein Sohn in einen Entwässerungsgraben geraten war. Das Dortelweiler Land ist schweres Ackerland, und wenn es ausgiebig regnet, muss das Wasser abgeleitet werden. Ab dem Mittelalter bis ins 18. Jahrhundert hinein nutzte man ähnliche Wasserläufe auch zur Verteidigung der Dörfer. Es waren breite Gräben und Erdaufwürfe, bewachsen mit niedrigem Gebüsch und alten Baumstümpfen, die Wölfe, Wegelagerer oder auch marodierende Soldatenhorden von Vieh und Menschen fernhalten sollten. Dortelweil war im Süden natürlicherweise von der Nidda geschützt, im Norden gab es ein großes Tor. Der wasserführende Graben im Westen wurde mit der Dorferweiterung zugeschüttet und verlegt, der doppelte Haingraben im Osten geschliffen. Dazu bedurfte es jedoch der Erlaubnis der Frankfurter Obrigkeit. Beim Bad Vilbeler Verein für Geschichte und Heimatpflege fand ich eine Zeichnung aus dem Jahr 1714, die das Vorhaben zu skizzieren scheint. Dem Antrag wurde stattgegeben, und die Gräben wurden zugeschüttet, um Gartenland zu gewinnen. Im Gegenzug mussten die Dortelweiler aber eine Mauer errichten. Im kalten Winter 1715 bauten die Dorfbewohner eine Eisbrücke über die Nidda. Dazu wurde Stroh, Spreu und

Asche gemischt, »in die Bach« geschüttet und eine Woche lang mit Wasser begossen. Als alles gut durchgefroren war, konnte man mit dem Pferdewagen den Fluss überqueren und Quader vom Steinbruch nahe des Dottenfelder Hofs über die Nidda bringen. Die imposante Mauer steht noch heute, und wenn ich Besuch bekomme, gehört ein Spaziergang entlang der historischen Dorfumfassung zum Programm. Mit ihren fast 450 Metern ist sie nicht die längste, aber vermutlich eine der friedlichsten Mauern der Welt.

Gelegentlich wandere ich durch die Straßen des alten Dorfkerns und drehe in Gedanken die Zeit zurück. Was, wenn ich vor drei Jahrhunderten hier gelebt hätte? Es gab damals nur in etwa ein Dutzend »Bürger«, alle anderen waren schlicht »Hintersassen«: einfache Landleute, die vom Grundherrn abhängig waren. Der Schultheiß wachte über die Abgaben des Dorfes an Frankfurt, ihm oblag auch die niedrige Gerichtsbarkeit. Alles, was die landwirtschaftliche Nutzung anging, sowie kleinere Vergehen wurden nicht in Frankfurt, sondern vor Ort verhandelt. Die Frankfurter bewiesen diplomatisches Geschick und wählten für das Amt stets Dorfbewohner aus. Der Schultheiß bewohnte ein stattliches Haus am Dorftor, unmittelbar vor dem Dorf stand eine imposante Linde, unter der das Gericht tagte. Doch wenn ich mir ausmale, wie streng es damals zuging, verzichte ich lieber auf meine Zeitreise. 1781 musste eine Frau »in Halseisen stehen«, weil sie Kraut gestohlen hatte.

Auf verblichenen Fotos aus früheren Zeiten sieht man die Dorfjugend in der Nidda baden, auf den überfluteten und zugefrorenen Auen Schlittschuh laufen oder mit dem Kahn das Flüsschen hinab staken. Die Nidda ist wohl der schönste Verbindungweg zwischen Dortelweil und Frankfurt. Ab und an schaffen mein Mann und ich unseren Kanadier aus dem

Keller, und wir paddeln die Nidda hinunter bis zum Eschersheimer Wehr. »Schiffschebootsche fahre«, nennt das der Frankfurter. Viel Tempo hat die Nidda nicht, gemächlich gleiten wir das Flüsschen hinab, vorbei an Wiesen und Feldern.

Auf der Höhe der ehemaligen Frankfurter Landgemeinde Bonames verläuft der Hölderlinpfad parallel zur Nidda, und ich stelle mir vor, wie der Poet am Ufer entlang marschiert, einen Liebesbrief im Tornister. Der Dichter war Hofmeister bei der Frankfurter Familie Gontard, zuständig für die Erziehung der Kinder, als er sich unsterblich in die Mutter seiner Zöglinge verliebte. 1796 schickte Vater Gontard Frau und Kinder nebst Hölderlin auf eine »vorsorgliche Flucht« vor den nahenden Franzosen nach Kassel. Nach ihrer Rückkehr verstanden sich Susette Gontard und der Hofmeister prächtig. Der Hausherr indessen kehrt eines Abends müde von der Arbeit heim und fragt nach seiner Gattin, da wird ihm mitgeteilt, Herr Hölderlin lese vor. »Sitzt denn der Mensch beständig bei meiner Frau?«, ruft Gontard aus. Es kommt zu einer saftigen Szene, Hölderlin zieht aus und findet Zuflucht in Homburg. In den nächsten zwei Jahren läuft »Hölder«, in Susettes Briefen auch »mein Holder« genannt, immer wieder zu Fuß von Homburg nach Frankfurt – und noch am selben Tag zurück. Die Familie Gontard nutzte den Adlerflychthof am Oeder Weg als Sommersitz. Die »niedrige Hecke bei den Pappeln« wurde zum toten Briefkasten für das verzweifelte Paar, nur gelegentlich erhaschte der Dichter den Schatten seiner Verehrten hinter dem Fenster.

Frankfurt und die romantische Liebe gehören zusammen, das bezeugen nicht nur die vielen bunten Liebesschlösser am Brückengeländer des Eisernen Stegs. Als ich sie eines Tages stolz meinen Gästen aus Frankreich zeige, winken die gelangweilt ab. »Mais non, das ist gar nichts. Du hättest die

Liebesschlösser in Paris sehen sollen! Das Brückengeländer der Pont des Arts ist unter dem Gewicht – wie sagt man – zerbrochen.« Schon gut, denke ich, Frankfurt ist nicht Paris, wenngleich der Eiserne Steg ein bisschen wie ein halber, umgefallener Eiffelturm aussieht. Aber mit berühmten glücklichen wie unglücklichen Liebesleuten kann Frankfurt aufwarten, von Friedrich Stoltze (glücklich) bis Wilhelm Busch (unglücklich). Goethes Liebesroman »Die Leiden des jungen Werther« regte melancholische Leser dazu an, sich das Leben zu nehmen. Mir raubte der frühe Bestseller des adoleszenten Dichterfürsten als Teenie den Atem, er machte mir Lust auf Bücher, aufs Lesen und Schreiben.

Wer Kriminalromane schreiben will, muss recherchieren. Unerschrocken fragte ich eines Tages im Frankfurter Institut für Rechtsmedizin an, ob ich einmal bei einer Obduktion zusehen dürfe. Und siehe da, ich durfte. In all meine Geschichten lasse ich seither gern einfließen, dass das Institut in Sachsenhausen in der prächtigen alten Villa des August Euler untergebracht ist. Euler war ein Tausendsassa, er liebte die Geschwindigkeit, egal ob auf dem Motorrad oder im Auto. 1910 erwarb er das international anerkannte Flugzeugführerpatent »Deutschland Nr. 1«, und später baute er selbst Flugzeuge. Seine Villa hat er der Uni vermacht, mit der Auflage, dass darin geforscht wird. Die Gefühle, die ich bei der Obduktion hatte, lassen sich schwer beschreiben. Respekt vor den Wissenschaftlern und Demut vor dem Leben trifft es noch am ehesten. Schließlich ist Sterben eine todernste Angelegenheit, und wenn Rechtsmediziner im Krimi flapsig oder verschroben daherkommen, zeugt das lediglich von ihrer und unserer Angst vor den letzten Dingen.

Andere Ecken Frankfurts lernte ich näher kennen, als ich nebenbei Deutschunterricht für arbeitslos gewordene Migranten gab. Ich besuchte mit meinen Teilnehmern den Zoo, der für mich immer mit Bernhard Grzimek, dem Mann mit dem Affen aus meiner Kinderfernsehzeit, verbunden sein wird. Ich unterrichtete im Bahnhofsviertel, wo Banken an Animierbars grenzen, in Rödelheim, das über eine der ältesten Apfelwein-Keltereien und einen Hundefriedhof verfügt, und in Hoechst, wo fast 40 Prozent der Einwohner Migranten sind. Auf dem Bahnhof dort hört man alle Sprachen der Welt. Man sieht Frauen in indischen Saris und Männer in afrikanischen Gewändern. Frankfurts Gelassenheit im Umgang mit Auswärtigen mag mit seiner langen Geschichte als Messestadt zu tun haben. Man war von jeher mit anderen Handelsstädten verbunden. Und schon immer kamen Fremde hierher.

Eine Eingeplackte wird man nicht von ungefähr, man muss sich selbst einplacken, also seine Wurzeln ausstrecken und wachsen lassen. Zu meinem Bild von Frankfurt gehört ein Blick vom Domturm herab. Das Treppenhaus ist eng, der Aufstieg mühsam, aber er lohnt sich, denn nun liegt einem die Stadt zu Füßen – der EZB-Turm, Sachsenhausen, der Eiserne Steg, die Unikliniken und der dahinziehende Main. Hier oben haben viele Jahrhunderte lang Türmer gelebt, im Winter müssen sie arg gefroren haben. Um sich wenigstens ein paar Auf- und Abstiege zu ersparen, zogen sie die Lebensmittel mit einem Korb hinauf. Ihre Aufgabe bestand darin, jedwede Feuersbrunst rechtzeitig zu entdecken. Doch als 1719 »der große Christenbrand« ausbrach, reichte die Warnung des Türmers nicht aus. Das Eschenheimer Tor war abgeschlossen, die Wehren der nördlichen Landgemeinden standen vor der Stadtmauer und konnten nicht eingreifen.

Die Flammen fraßen Fachwerkhaus um Fachwerkhaus: Ganze 400 Gebäude innerhalb von drei Tagen.

In Dortelweil stehen noch immer alte Fachwerkhäuser, etliche wurden vom schützenden Putz befreit, ihre Balken geschwärzt. An Mauern und Zäunen fielen mir schon vor Jahren immer öfter Graffiti auf: »Dodge« stand da geschrieben, so hatten Jugendliche den Ort getauft. Bis heute konnte ich nicht herausfinden, ob das eine liebevolle Verballhornung des Namens Dortelweil sein sollte – oder eine Anlehnung an die letzte große Rinderstadt des Wilden Westens. In Dodge City wie in Dortelweil war es die Eisenbahn, die Auftrieb und Wachstum brachte. Längst ist die ehemalige Frankfurter Landgemeinde über die Mauer wie über die Bahngleise hinausgewachsen. Und wie in der Westernstadt teilen die Schienen den Ort in zwei Hälften, in Dortelweil-West und das alte Dorf. Unweit der Stelle, wo man einst unter der Linde Gericht hielt, entstand ein Kinderspielplatz im Western-Look. Der Name, der auf dem Eingangstor prangt, lautet: Dodge City.

Über die Autorin – Uli Aechtner

Nach dem Studium der Germanistik, Philosophie und Kunstwissenschaften arbeitete Uli Aechtner als Journalistin beim französischen Fernsehen TF1 in Bonn, später wechselte sie zum SWF-Mainz. Viele Jahre lang war sie dort für die aktuelle Berichterstattung tätig und moderierte die tägliche Nachrichtensendung »Landesschau«.

1985 gewann sie das Stipendium »Journalistes en Europe« und verbrachte ein Jahr in Paris. Als freie Autorin liefert sie TV-Beiträge für ARD und ZDF.

Seit 1992 schreibt sie Kriminalromane.

Mehr erfahren Sie unter uli-aechtner.de

Über dem Tellerrand

Frankfurt hat sehr viel zu bieten, da gibt es keine Zweifel. Aber der intelligente Mensch schaut auch mal über den Tellerrand hinaus. Und da wir intelligente Menschen sind, machen wir das in diesem Artikel. Wir starten im nahe gelegenen Taunus. Über die A 661 sind wir innerhalb kürzester Zeit in einer anderen Welt. Der Taunus ist relativ dünn besiedelt und besitzt einen sehr hohen Waldanteil, dennoch hat er eine Menge zu bieten. Ein Klassiker der Naherholung für Frankfurter ist natürlich die historische Saalburg, die einst als Basis für die Limesbewachung der Römer diente. Schnell zu erreichen über die B 456. Extrem gut erhalten … könnte man sagen. Das wäre aber nicht ganz richtig, denn die *Saalburg* wurde wiederaufgebaut. Wie so oft musste auch diese Ruine einst als Steinbruch Federn lassen. Erst 1747 hat der Regierungsrat von Hessen-Homburg Elias Neuhof erkannt, dass dieser Steinbruch einst ein Römisches Kastell war. Es sollte allerdings noch 71 weitere Jahre dauern, bis dem Steinraub 1818 durch einen Erlass des Landgrafen Friedrich v. Hessen-Homburg Einhalt geboten wurde. Heute erscheint die *Saalburg* wie neu. Der originalgetreue Bau bringt dem Besucher das Leben längst vergangener römischer Besatzungszeiten nahe.

Ein Steinwurf entfernt befindet sich der der *Hessenpark,* ebenfalls ein Klassiker der Frankfurter Naherholung. In diesem Freilichtmuseum ist die architektonische Geschichte Hessens zu bewundern. Mühevoll an zahllosen Orten Hessens abgebaut und im Hessenpark wieder aufgebaut, entstand dort mitten im Wald bei Neu-Anspach ein Dorf mit beachtlicher Größe und herausragender historischer Bedeutung. Sogar zwei Mühlen kann man im Dorf besichtigen. Mindestens eine davon ist sogar voll funktionsfähig. Vor dem Eingang hat man einen historischen Marktplatz errichtet mit Restaurants, Souvenirladen und Bäckerei. Insbesondere die Bäckerei ist sehr beliebt, da hier nach uralten Rezepten gebacken wird. Eine Warteschlange quer über den Marktplatz ist keine Seltenheit.

Wer nach so viel Historischem vergnüglich in den Alltag zurückkehren möchte, kann in wenigen Minuten vom *Hessenpark* in den *Freizeitpark Lochmühle* fahren. Die *Lochmühle* ist ein rustikaler Freizeitpark mit Fahrgeschäften und allerlei familienfreundlichen Plätzen wie z.B. Grillhütten, die man reservieren kann. Flossfahrten auf dem Erlenbach, der den Park durchquert, sind ein Erlebnis, ebenso die Tiere im Streichelzoo, die man füttern darf. Man findet hier zwar keine Hightech-Fahrgeschäfte wie in den Megaparks *Phantasia-Land* oder *Europapark*, kann aber auf jeden Fall einen schönen Tag mit den Kindern verbringen.

Bleiben wir im *Taunus* und entfernen uns ein wenig von seinen klassischen und, zugegeben ein wenig überlaufenen, Hauptattraktionen. Wer gerne wandert, ist hier nämlich genau richtig. Der *Taunus* ist ein Wanderparadies. Das Mittelgebirge ist durchzogen von schattigen Wanderwegen. Das Schöne daran ist, dass man durch den dichten Waldbewuchs die Highlights erst dann sieht, wenn man vor ihnen steht. Das erfordert natürlich einen guten Orientierungssinn oder gutes Kartenmaterial. Absolut empfehlenswert ist ein Besuch der *Eschbacher Klippen* bei Usingen. Hinter dem Namen »*Eschbacher Klippen« verbirgt sich* eine bizarre Felsformation, die gerne auch von Kletterern genutzt wird. Aber auch, wenn man nicht klettern mag, ist ein Besuch dieser Laune der Natur unbedingt empfehlenswert.

Wer von Historischem immer noch nicht genug hat, kann

sich auch die nahe gelegenen Eschbacher Wallanlagen anschauen. Wir könnten hier jetzt über den Taunus immer weiter schreiben. Unzählige historische Kirchen, Burgen, Schlösser und die Limesanlagen kann man im Taunus in wunderbarer Landschaft finden. Aber es gibt ja noch andere Regionen rund um Frankfurt, die wir nicht vergessen dürfen. Da wäre zum Beispiel der wunderbare Ort Büdingen. Knapp dreißig Kilometer von Frankfurt entfernt, nämlich in der Wetterau, liegt dieses Kleinod. Büdingen hat eine hervorragend erhaltene historische Altstadt, die teilweise von einer dicken Mauer eingerahmt ist. Alles ist zu Fuß schnell und ohne große Anstrengungen zu erreichen. Das *Büdinger Schloss*, das immer noch in Privatbesitz ist, ist eine Wasserburg und kann im Rahmen einer Führung besichtigt werden. Büdingen ist Entspannung pur für Liebhaber historischer Städte. Und das Beste daran … keine Touristenmassen, ein echter Geheimtipp.

Im Süden unserer Metropole gibt es auch das ein oder andere zu entdecken. Als erstes muss man natürlich den nahe gelegenen Odenwald als Hauptziel nennen. Ähnlich wie der Taunus, nur nicht mit ganz so viel Wald, erstreckt er sich als herrliche Landschaft. Hier sind es vor allem die schönen malerischen Städte, die man besuchen sollte. Die Anfahrt ist allerdings mit einer guten Stunde etwas aufwendiger. Aber es lohnt sich, denn Ortschaften wie Michelstadt oder Mosbach, die mit ihren historischen Altstädten zwar etliche Besucher anlocken, aber weit davon entfernt sind, überlaufen zu werden, sollte man sich unbedingt anschauen.

Ebenfalls südlich von Frankfurt und in etwas mehr als einer halben Stunde Fahrtzeit zu erreichen, befindet sich die *Grube Messel*, ein UNESCO-Weltnaturerbe. Unzählige fossile Funde hat man aus dem Schiefer des ehemaligen Sees gegraben. Spektakuläre, teils komplett erhaltene Fossilien haben die *Grube Messel*, die früher als Erzgrube oder auch mal als Müllkippe herhalten musste, berühmt gemacht. Ein Museum direkt am Eingang zeigt die schönsten und wertvollsten Funde und erklärt dem Besucher, wie das alles zustande kam.

Jetzt schauen wir mal in den Norden Frankfurts, was es da so alles zu entdecken gibt. Absolut sehenswert ist hier die Stadt Marburg. Verwinkelte Gassen, die am Fuße des Schlosses in den Hang gebaut wurden, machen den Charme dieser schmucken Universitätsstadt aus. Von Frankfurt fährt man über die A 5 eine gute Stunde. Die Fahrt lohnt sich. Das über allem thronende *Landgrafenschloss* kann man dienstags bis sonntags besichtigen. Der im Nordtrakt gelegene und im letzten Viertel des 13. Jahrhunderts erbaute gotische Fürstensaal hat eine Grundfläche von rund 420 Quadratmetern. Damit ist er der größte gotische Profansaal Deutschlands und wurde ausschließlich zu weltlichen Zwecken errichtet. Noch heute wird der Fürstensaal zu besonderen festlichen und kulturellen Anlässen genutzt. Und wenn man schon mal da ist, bietet sich eine Kanufahrt auf dem Fluss *Lahn* an. Diese ungeführten Touren werden überall entlang des Flusses angeboten. Man kann einfach ein oder mehrere Kanus mieten und zwischen verschiedenen An- und Abfahrtspunkten wählen; sogar mehrtägige Routen werden angeboten. Auf der Lahn ist einiges los, man trifft neben Familien und Betriebsausflüglern auch Gruppen, die Junggesellenabschied feiern und Spaßpaddler. Ab und zu muss man sich selbst schleusen, und auf der Lahn bei

Weilburg gibt es den mit 195 m längsten Schifffahrtstunnel Deutschlands. Ein Erlebnis mit Seltenheitswert.

Im Westen unserer schönen Stadt lohnt sich der Rheingau. Hier liegt Deutschlands bekanntestes Weinanbaugebiet. Aber nicht nur die edlen Tropfen machen das Rheingau zu einem Ausflugsziel von Wert. Hier reihen sich malerische Weinstädtchen aneinander wie Perlen auf einer lupenreinen Kette. Eigentlich ist durchgehend in irgendeinem Dorf ein Fest zu feiern. Und wenn es keines zum Feiern gibt, dann genießt man einen guten Wein mit Blick auf den Rhein. Der Rhein macht die Region zu einer der schönsten unseres gesamten Landes. Zahlreiche Schlösser und Burgen, die teilweise sehr gut erhalten sind und natürlich auch besichtigt werden können, säumen die Hänge entlang des Flusses. Einmal im Jahr steht der Rhein in Flammen, wenn entlang der Ufer die anliegenden Ortschaften auf den Weinbergen Feuer entzünden und so eine faszinierende, unvergessliche Atmosphäre schaffen, die man am besten auf einem Boot genießt. Nicht zu empfehlen ist Rüdesheim, das zwar objektiv gesehen schön, aber viel zu überlaufen ist. Viertelstündchenleser fahren nach Oestrich-Winkel oder Boppard, da ist es mindestens genauso schön, aber nur halb so voll.

Natürlich erheben wir keinen Anspruch auf Vollständigkeit. Rund um Frankfurt gibt es so viel zu entdecken, dass es darüber unzählige Literatur gibt. Wir wollen Ihnen nur ein paar gute Hinweise und ein paar wertvolle Geheimtipps mit auf den Weg geben. Ab und zu muss man einfach auch mal nach rechts oder links schauen, um den Blick auf das Wesentliche nicht zu verlieren. Rund um die betriebsame Mainmetropole kann man an zahlreichen Stellen Kraft tanken, ohne weit fahren zu müssen oder viel Geld auszugeben. Genießen Sie unser Umland, liebe Leserin oder lieber Leser, und genießen Sie das Leben, denn wir sind nur für einen Wimperschlag auf der Erde … wäre doch schade, wenn uns etwas entgehen würde, was die ganze Zeit direkt vor unserer Nase lag.

Fast perfekt

Eine Kurzgeschichte von Tim Frühling

Nun war er also endlich da, der große Tag. Nach dreieinhalb Jahren Arbeit würde gleich König Algebros, gutmütiger Alleinherrscher des Planeten Lunix, durch diese Tür schreiten und das Werk in Augenschein nehmen. Für diese Präsentation hatte der Kartograph den gesamten Konferenzraum im Ministerium für interstellare Beziehungen zugehängt mit Fotografien und zugestellt mit Flipcharts und Stellwänden. An einer Wand prangte außerdem ein riesiger Bildschirm. Jetzt, da er seinen Auftrag erledigt hatte, wollte er seinen König auch davon überzeugen, dass er sie tatsächlich gefunden hatte: Die perfekte Stadt. Dabei war es eigentlich nur ein Zufall gewesen, dass sich der Kartograph in den vergangenen Monaten und Jahren gerade mit dieser Stadt in der Mitte eines dicht bevölkerten Kontinents auf dem Planeten Erde beschäftigt hatte. König Algebros wurde ein gewisses Faible für Zahlen nachgesagt und er wünschte daher, dass exakt der Ort auf der Weltkugel genauer ausgekundschaftet werden sollte, der auf den geografischen Koordinaten seines Geburtstags lag. Dieser wurde immer am 50.8. gefeiert, was nicht weiter verwundert, da das Jahr auf Lunix 27 Monate mit jeweils 71 Tagen hatte. Algebros ging also davon aus, dass sich auf Längen-und Breitengrad seines königlichen Geburtsdatums die formidabelste aller Städte auf dem von ihm verehrten Planeten Erde befinden müsse - er war zwar wie erwähnt gutmütig, hatte da und dort aber doch gewisse Dünkel. Und genau diese Stadt plante der König im spärlich besiedelten Nordosten auf seinem Planeten nachbauen zu lassen. Allerdings nur, wenn sein Kartograph nach der jahrelangen Recherche die komplette Perfektion dieser

Ansiedlung bestätigen würde.

Ohne anzuklopfen stürmte der König in den Konferenzraum, mit ausgestreckten Armen lief er gönnerhaft in leicht altväterlicher Manier auf seinen Angestellten zu.

»Werter Guglmäps, was für ein aufregender Tag! Sie wissen, dass allein Ihre Ergebnisse darüber entscheiden, wie die neue Stadt im Nordosten aussehen wird. Die größte Investition, die auf Lunix je getätigt wurde! Welch ein Glück, dass wir unser Methan haben…«

Guglmäps nickte. Er und alle anderen Lunixarier wussten, dass der Wohlstand des Planeten ausschließlich der sich permanent regenerierenden Methanhülle rund um den Himmelskörper zu verdanken war. Und natürlich der Methanknappheit der Nachbarplaneten.

»Ja, verehrter Algebros, mir ist die Tragweite unseres Projektes durchaus bewusst. Ich würde, sofern es Ihnen recht wäre, dann auch sofort mit der Präsentation beginnen.«

Der König nickte erwartungsvoll. Der Kartograph führte seinen Herrscher zu dem riesigen Bildschirm, den er an der Wand aufgehängt hatte, darauf zu sehen eine Luftaufnahme. Schon rein technisch war dieses Foto eine Sensation. Immerhin lag Lunix rund 1,4 Millionen Kilometer von der Erde entfernt, dennoch besaß das Bild eine ungeheure Detailschärfe.

»Hier sehen Sie die Stadt von oben, verehrter Algebros. Und wie Sie vermutet hatten: Ein Ort, der sich auf den Koordinaten Ihres Geburtsdatums befindet, kann nur perfekt sein.«

Der König nickte zufrieden.

»Hier haben die Menschen alles, was sie brauchen. Im Süden viel Wald, im Norden Felder – und in der Mitte einen Fluss.« Der Kartograph fuchtelte vor der Aufnahme herum wie ein Meteorologe an seiner Wetterkarte. Dabei versuchte er, den unteren, linken Rand stets durch seinen Körper zu verdecken. Das tat er aber offenbar nicht geschickt genug.

»Was ist denn da unten auf dem Bild, dass sie sich gar nicht von der Stelle fortbewegen wollen, werter Guglmäps?«, fragte der König skeptisch. Sein Kartograph überspielte das Ertapptwerden mit einem breiten Grinsen. »Ach, dort, ja, also, das ist der Flughafen. Ganz nah an der Stadt. Ideal, oder?«

Algebros kniff die Augen zusammen. Sein Blick folgte einer gedachten Linie in Verlängerung der Landebahn. Er tippte schließlich auf eine Siedlung mit herrschaftlichen Häusern und großen Gärten am Rand des Waldes im Süden. »Hier wird es aber laut, wenn ein Flugzeug landet«.

»Das ist nicht schlimm«, log Guglmäps »auf diesem Flughafen ist nicht viel Verkehr. Außerdem freuen sich die Erdbewohner über die kühle Brise, die aus einer Flugzeugturbine kommt. Diese Wohnlage ist sehr begehrt.«

»Und was ist das?« Algebros deutete auf ein riesiges, von oben weißes Gebäude in der Nähe der begehrten Wohnlage.

»Oh, gut, dass Sie fragen. Das ist das Stadion der Stadt. Dort haben sogar schon Weltmeisterschafts-Spiele stattgefunden. Moment.« Der Kartograph wuselte zu einer seiner Stellwände und kam mit einem großen Foto wieder. »Schauen Sie, Hoheit, so sieht das Stadion von vorne aus. Prachtvoll, nicht wahr?«

Algebros schob zustimmend die Lippen nach vorne. »Und der Fußballverein der Stadt heißt Commerzbank, so wie es hier drauf steht?«

»Nein, nein, nein, der Verein heißt anders. Aber die Fans lieben diese Bank so sehr, dass sie dort alle ihre Konten haben. Und sie mögen natürlich auch, dass das Stadion jetzt nach dieser Bank benannt wurde. Der alte Name ist aus der Erinnerung der Anhänger schon so gut wie verschwunden.«

»Ist der Verein erfolgreich?«

»Der erfolgreichste. Jedes Jahr Meister.«

Die Lippen des Königs umspielte ein glückliches Lächeln. Guglmäps zog aus einer Mappe weitere Aufnahmen, die er vor seinem Herrscher auf einem kleinen Tisch ausbreitete.

»Wenn sie hier mal schauen möchten. Das reverse Okular, mit dem wir arbeiten, erlaubt uns sogar, Bilder von einzelnen Straßenzügen zu machen. Dieses hier ist die Fußgängerzone der Stadt. Die umsatzstärkste im ganzen Land.«

Der König studierte die Fotografien eingehend und kräuselte die Stirn.

»Um ehrlich zu sein, werter Kartograph, mir erscheint die Straße nicht besonders gemütlich. Schauen Sie sich nur die glatten Fassaden überall an. Mögen die Erdenbewohner so etwas?«

»Selbstverständlich. Sehen Sie sich das an!« Guglmäps deutete auf ein Foto mit einer Horde bunthaariger Menschen, die an allen erdenklichen Stellen des Körpers metallene Ringe trugen und mit einigen Hunden vor einem marmornen Brunnen saßen. »Diese jungen Leute hier mögen die Straße sogar so gerne, dass sie den ganzen Tag dort verbringen.« Der Kartograph merkte, dass er hier und da ein wenig in die Defensive geriet und hielt es deswegen für angebracht, vorübergehend in den Angriffsmodus zu wechseln. Er wusste, dass sein König ein großer Fan der Stadtplanung war und die Defizite schnell aufspüren würde, zumal seine Augen momentan über eine Ausfallstraße in Richtung Norden wieselten.

»Sehen Sie nur, mit wie viel Weitsicht diese wunderbare Stadt geplant wurde. Hier unter diesem Teil der Straße fährt die U-Bahn noch unterirdisch.« Er zeigte auf den innenstadtnäheren Teil der Ausfallstraße. »Hier allerdings kommt sie urplötzlich ans Tageslicht. Ohne erkennbaren Grund. Und sie zerschneidet auf viele, viele Kilometer alle

Stadtteile, die an der Straße liegen. Und wissen Sie warum? Weil sich die Bewohner auf der rechten und der linken Seite nicht leiden können, deswegen! Die Ampeln zum Queren der Bahnlinie sind so gut wie immer rot, es ist also fabelhaft gelungen, die verfeindeten Lager nicht aufeinandertreffen zu lassen. Großartige Planung, oder?«

Algebros schien nicht überzeugt. »Es gibt in der idealen Stadt Feindseligkeiten?«, fragte er skeptisch.

Der Kartograph winkte ab. »Ach, iwo, Feindseligkeiten. Das ist mehr eine Fopperei, weil es sonst in so viel Perfektion einfach langweilig werden würde. Gucken Sie sich das hier mal an.« Schelmisch deutete Guglmäps auf einen größeren Stadtteil im Osten und mehrere kleine im Norden. »Die haben jeweils unterschiedliche Telefonvorwahlen. Also, andere als der Rest der Stadt. Riesengag, oder? Das hätte man natürlich schon seit Jahrzehnten ändern können, aber wie gesagt, Perfektion und Langeweile gehen oft Hand in Hand.«

Der König begann nun, nacheinander alle Stadtteile abzuscannen und auf Schwachstellen zu überprüfen. Guglmäps hatte mittlerweile die Namen der einzelnen Orte eingeblendet und geriet ein wenig ins Schwitzen.

»Hier, Seckbach, die Hauptstraße ist doch viel zu eng für diesen Ort. Außerdem haben die Autofahrer ständig einen Bus vor sich.«

»Dann bleibt mehr Zeit, die Fassaden zu bewundern.«

»Die Schlaglöcher in dieser Straße am Riederwald sehe ich ja sogar in 1,4 Millionen Kilometer Entfernung.«

»Viele Autofahrer empfinden die Vibrationen als eine angenehme Massage.«

»Warum sind in dem Einkaufszentrum an der Messe kaum Kunden?«

»Die Geschäftsleute dort lieben die Ruhe.«

»Weswegen sehen die Häuser auf diesem Riedberg alle

gleich aus?«

»Da hat damals der erste seins gebaut – und das war so wunderschön, dass alle anderen es genauso auch haben wollten.«

»Sindlingen. Das ist ja dutzende Kilometer von der eigentlichen Stadt entfernt. Weswegen gehört das überhaupt noch dazu?«

»Weil wahre Schönheit erst zur Geltung kommt, wenn man ihr einen winzigen Makel gegenüberstellt.« So langsam hatte Guglmäps genug vom Frage-und Antwortspiel und zog seinen Herrscher mit sanftem Druck zu einer Stellwand, auf die er mehrere Fotos gepinnt hatte. Sie zeigten kleine Häuser, verwinkelte Gassen und ein romantisches Plätzchen. »Wenn ich Ihnen noch ein ganz aktuelles Projekt präsentieren dürfte, verehrter Algebros, so möchte ich Ihnen zeigen, womit sich die Menschen im Herzen Ihrer Stadt in den letzten Jahren beschäftigt haben. Hier, wo sie nun diese kleinteilige Bebauung sehen, stand bis vor kurzem ein Koloss aus Beton. Dieser wurde abgerissen und durch wundervolle Gebäude ersetzt. Schauen Sie nur, welch Gemütlichkeit das gesamte Ensemble ausstrahlt. Die Menschen nennen es die »neue Altstadt.««

»Eine neue, alte Stadt? Ist das nicht ein Widerspruch in sich?«

»Selbstverständlich«, lenkte der Kartograph ein. »Es gab deswegen auch lange Diskussionen in der Bevölkerung. Aber mittlerweile wird das Gelände sehr gut angenommen. Schauen Sie, überall auf den Fotos sind staunende Menschen zu sehen.«

Den König schien das noch nicht zu überzeugen. »Haben Sie denn noch eine Aufnahme, die das Gebäude zeigt, bevor dieser historisierte Tinnef da gebaut wurde?«

Der Kartograph dachte kurz nach. Dann antwortete er: »Es könnte sein, dass sich ein Bild davon in einem

Archivordner befindet. Dafür müsste ich aber rasch in mein Büro.«

»Dann gehen Sie dort hin. Wir wollen bei der Planung der perfekten Stadt ja nichts übers Knie brechen.«

Die perfekte Stadt. Die perfekte Stadt. Diese Formulierung seines Herrschers hatte sich im Kopf des Kartographen festgefressen, während er durch die Gänge und Flure des Ministeriums für interstellare Beziehungen huschte. Klar, Algebros wollte die perfekte Stadt, und das Vorbild dafür konnte nach der eitlen Meinung des Königs natürlich nur auf den Koordinaten seines Geburtsdatums liegen. Guglmäps wusste natürlich, dass er dort *nicht* die perfekte Stadt gefunden hatte. Alle Einwände seines Regenten waren berechtigt, auch wenn der Kartograph fand, dass er sie recht elegant entkräftet hatte. Und weswegen sich sein Herrscher so an der neuen Altstadt störte, war ihm auch klar. Algebros war ein Verfechter der Moderne, alles Rückwärtsgewandte war dem König ein Graus. In einem seiner Ordner fand Guglmäps schließlich ein Foto des Technischen Rathauses. Er zog es hinaus und schüttelte nach kurzer Betrachtung den Kopf. Was für ein hässlicher Kasten!

»Das ist ja wunderschön!«, rief der König, nachdem sein Kartograph mit der angeforderten Aufnahme zurückgekehrt war. »Diese majestätische Trutzhaftigkeit, die klare Linienführung, burgengleiches Beton-Babel bester Bauart, zeitgemäßer Zeuge zielgerichteter Zweckbauten!«.

Manchmal verfiel Algebros in einen gewissen sprachlichen Schwulst.

»So nehmen wir das! Nicht mit dieser verkitschten Altstadt.«

So nehmen wir das? Hatte Guglmäps da gerade richtig gehört? Sein Herrscher wollte die Stadt so bauen – und gerade das hässlichste Gebäude ihrer Geschichte sollte den Ausschlag gegeben haben?

Es entstand eine Gesprächspause. Der Blick des Königs wanderte von Bild zu Bild auf den Stellwänden und Flipcharts und blieb schließlich auf dem Kartographen gerichtet. Dieser traute sich kaum, seinem Herrscher in die Augen zu schauen, jetzt, da offenbar der Moment der Entscheidung nach so vielen Jahren der Arbeit nahte. Und war da nicht etwas Spöttisches in der Miene des Herrschers?

Dieser hob zu seinem Resümee an: »Werter Guglmäps, ich möchte Ihnen für die Arbeit danken. Ich habe sehr wohl gemerkt, wie sehr Sie sich bemüht haben, mir diese Stadt als perfekt zu verkaufen. Aber ich muss Ihnen leider sagen: Sie ist es nicht.«

Der König machte eine Pause. Der Kartograph schluckte, es gelang ihm nicht, Algebros′ Blick standzuhalten.

»Wissen Sie, ich habe den Eindruck, dass Sie sich in mir täuschen«, fuhr der König fort. »ich habe bei all Ihren Aufnahmen nicht nur auf die Häuser geachtet, nicht nur auf Straßen oder Bahnen, auf planerische Schwächen oder Unzulänglichkeiten dieser Stadt. Nein, ich habe mir die Menschen angesehen. Ich habe kleine gesehen und große, mit heller Hautfarbe und dunkler, mit Kopftuch und ohne. Menschen, die offensichtlich in dieser Stadt geboren wurden und solche, die dort erst in den letzten Jahren eine Heimat gefunden haben. Und ist Ihnen das nicht selbst aufgefallen, werter Guglmäps? All diese Menschen leben dort friedlich zusammen, erfreuen sich gemeinsam an einem sonnigen Tag und ärgern sich gemeinsam, wenn sie im Stau stehen müssen. Und das ist es, was für mich die Perfektion einer Stadt ausmacht. Die Menschen sind es!«, schloss Algebros mit einem feierlichen Nicken und schob nach: »Bauen Sie diese Stadt für mich, werter Kartograph, auch auf meinem Planeten werden wir eine bunte Mischung Lunixarier finden, die diese Stadt mit all ihren Stärken und Schwächen zu schätzen wissen wird.«

»Das, ja, das werde ich gerne tun«, antwortete Guglmäps leicht unterwürfig, nachdem er die Worte wiedergefunden hatte. Ein Glücksgefühl durchströmte seinen gesamten Körper. Die Präsentation hatte den König überzeugt, auch wenn der offenbar völlig andere Prioritäten gesetzt hatte. Algebros wandte sich schon zum Gehen, als der Kartograph noch einmal die Stimme erhob. »Majestät, eins noch, bevor wir loslegen. Soll ich im Herzen der Stadt wirklich das Technische Rathaus bauen? Oder doch lieber die Altstadt?«

Der König überlegte kurz, dann antwortete er: »Wissen Sie was, werter Guglmäps, lassen Sie die Stelle einfach frei. Ein bisschen was zu diskutieren sollen sie doch auch noch haben, die neuen Bewohner dieser fast perfekten Stadt!«

Über den Autor – Tim Frühling

Nach seinem Abitur begann Tim Frühling ein halbjähriges Praktikum beim Rems-Murr-Bürgerradio in Waiblingen. Es folgte ein Volontariat bei dem selben Sender, bevor er kurzzeitig bei planet more music radio in Frankfurt am Main arbeitete.
Von 1998 bis 2003 moderierte er bei hr XXL, bevor der Sender aufgrund eines Imagewechsels in YOU FM umbenannt wurde.
Zwischen 2000 und 2003, sowie von 2005 bis 2008 las Tim Frühling die Nachrichten bei dem Kölner Sender 1LIVE.
Von 2006 bis 2017 moderierte Tim Frühling bei hr3 montags bis freitags die Mittagssendung hr3-extra im wöchentlichen Wechsel mit Ariane Wick.

Derzeit moderiert er im wöchentlichen Wechsel mit Marco Schreyl bei hr1 am Nachmittag.

Sein Fernsehdebüt gab Tim Frühling im Mai 2008 beim hr-fernsehen. Seit Juli 2008 präsentiert er das Wetter.

Tim Frühling hat mit den Romanen um Kommissar Rohde eine eigene Krimiserie im Emons-Verlag.

Mehr erfahren Sie unter tim-fruehling.de

Wohin nur?

Sie kennen das: Es kommt Besuch von Sie wollen ihm Ihre wunderbare Stadt näherbringen. Ihre Gäste liegen Ihnen am Herzen, und Sie wollen sich und Frankfurt von der besten und schönsten Seite präsentieren.

Was macht man da?

Genau … man geht in den Zoo, schnuppert an den Blumen des Palmengartens, läuft über den Römerberg durch die neue Altstadt zum Dom, besteigt den Maintower und schippert über den Fluss

Kann man machen … und ist auch alles ganz nett.

Aber dann müssen Sie sich den Vorwurf gefallen lassen, gewöhnlich zu sein.

Wenn Ihnen Ihr Gast wirklich etwas bedeutet oder Sie sich als echter Frankfurter Insider präsentieren möchten, dann geben wir Ihnen in diesem Artikel das passende Rüstzeug an die Hand. Denn Frankfurt und sein Umland hat weit mehr zu bieten als überlaufene Allerweltsattraktionen, bei denen Sie nur die Hinterköpfe der Standard-Touristen sehen.

Als erstes überlegen Sie sich, welcher Typ von Mensch Ihr Gast ist. Ist er oder sie gerne draußen an der Luft oder vielleicht doch eher der verfrorene Indoormensch? Ist Ihr Besucher gut zu Fuß oder eher weniger ausdauernd, kulturell interessiert oder vielleicht eine Popcornkino- Liebhaberin?

All das sind Fragen, die Sie sich stellen müssen, wenn Sie wirklich beeindrucken wollen.

Frankfurt ist voll von Insidertipps. Sie müssen nicht mehr mit dem Strom schwimmen, denn Sie halten in diesem Moment den Weg aus dem Mainstream in den Händen. Das *Viertelstündchen* weiß, wo die echten und wahren Hotspots Frankfurts zu finden sind, die Ihren Gast unsere Stadt mit

ganz anderen Augen sehen lassen.
Planen wir doch mal einen Tag zusammen mit Ihren Gästen.

Ein guter Tag beginnt mit einem guten Frühstück. Aber nicht zu Hause. Das mag vielleicht familiär sein und praktisch, aber Sie wollen Ihren Gästen ja etwas bieten. Also empfehlen wir Ihnen nachfolgend ein paar wirklich gute Frühstücksmöglichkeiten.

Da wäre zum Beispiel das Gartencenter *Sunflower* in Nieder-Eschbach zu nennen. Ja, Sie haben richtig gehört, Gartencenter. Aber nicht irgendeines. Dieser Laden ist der Beste in der Stadt, das kann man so schreiben. Zwar nicht ganz billig, was die Pflanzen angeht, aber allerbeste Qualität. Am Eingang befindet sich eine kleine Markthalle, die alleine einen Besuch wert ist. Wenn man diese durchquert hat, kommt auf der rechten Seite das Restaurant, in dem man exzellent frühstücken kann. Das Preis-Leistungs-Verhältnis ist sehr gut.

Der nächste Tipp wäre das *Cafè Cardamon* im Nordend. Sehr klein, deshalb unbedingt einen Tisch reservieren. Es hat ein rustikales Ambiente und Speisen von ausgesuchter Qualität. Sehr lecker, sehr freundlich und bezahlbar.

Als dritten Frühstücks-Tipp geben wir Ihnen noch *Wackers-Kaffee* am Kornmarkt mit auf den Weg. Perfektes Caféhaus-Ambiente. Man fühlt sich wie in Paris, wenn man das kleine Lädchen betritt. Das *Wacker's* hat eine eigene Rösterei und macht den perfekten Kaffee. Aber man muss Glück haben, um einen Sitzplatz zu bekommen. Dennoch fühlt man sich hier wie ein echter Frankfurter. Die Stimmung in diesem kleinen Laden ist einzigartig.

Nach dem Frühstück brauchen wir ein wenig Bewegung.

Immer noch ein Geheimtipp, auch für ansässige Frankfurter, sind die *Schwanheimer Dünen*. Sie liegen, wie der Name schon sagt, in Schwanheim. Sie sind nicht einfach zu finden, denn die Hinweisschilder sind klein, unscheinbar und von geringer Anzahl. Und wenn man sich dort hinbegibt, denkt man schnell, man ist auf der falschen Spur. Denn die Straße, die zu den Dünen führt, ist ein besserer Feldweg, der in einer *Scheinsackgasse* am Schwanheimer Ufer beginnt und ins Feld führt. Nicht beirren lassen, hier sind Sie richtig. Vermutlich ist der unscheinbare Weg auch einer der Gründe dafür, dass man an diesem magischen Ort oft allein unterwegs ist.

Achtundfünfzigeinhalb Hektar groß und eine der wenigen Binnendünen Deutschlands. Naturschutzgebiet, natürlich. Und sogar Flora-Fauna-Habitat-Gebiet nach europäischem Recht. Sie werden sich jetzt fragen, was das ist und wir vom Viertelstündchen, erklären Ihnen das natürlich gerne. Das Flora-Fauna-Habitat ist die Richtlinie 92/43/EWG zur Erhaltung der natürlichen Lebensräume sowie der wildlebenden Tiere und Pflanzen, und ist eine Naturschutz-Richtlinie der Europäischen Union.

Die *Schwanheimer Dünen* beherbergen die sehr seltene und kostbare Silbergrasflur einer Binnendüne. Die Dünen betritt der Besucher auf einem malerischen Holzsteg, den sie auch bitte nicht verlassen. Das wäre schlecht für die Dünen. Dort wächst neben Silbergras und Bauernsenf auch die Sand-Grasnelke. Umrahmt werden diese Gewächse von bizarr anmutenden Kiefern, die aussehen, als wären sie im Wind eingefroren. Dazu kommt das einzigartige Lichtspiel der Dünen. Einer der schönsten Orte Frankfurts, da gibt es keine zwei Meinungen. Wenn Sie Ihre Gäste dorthin führen, achten Sie bitte unbedingt auf den Schutz des Gebiets, bleiben Sie auf dem Steg, nehmen Sie die Hinterlassenschaften Ihres Hundes mit, halten Sie die Kinder im Zaum und genießen Sie den wunderschönen Anblick.

Jetzt haben Sie schon die ersten Punkte bei Ihren Gästen zur Imageaufbesserung Frankfurts gesammelt. Aber der Tag hat erst begonnen. Weiter geht es, weil in der Nähe, in den *Kobelt Zoo*. Der liegt in der Schwanheimer Bahnstraße, also quasi um die Ecke. Dieser kleine Bruder des Frankfurter Zoos in der Innenstadt folgt einem völlig anderen Konzept. Es fängt damit an, dass sich dieser Zoo nur aus Spenden und Mitgliedsbeiträgen finanziert. Weitere Einnahmequellen sind regelmäßige Feste, sowie der Verkauf von Kaffee und Kuchen. Hört sich alles ein wenig rustikal an; ist es auch. Hier finden Sie kein Tigerhaus oder gar ein Exotarium. Hier sind eher possierliche Tierchen, wie zum Beispiel Ziegen, Nasen- und Waschbären, Schweine und auch ein paar Schlangen und Leguane. Die wohl exotischsten Bewohner unter den insgesamt 300 Tieren des Zoos sind die Bennett-Kängurus. Nur 1,7 Hektar klein ist der *Kobelt-Zoo*, aber dafür familiär geführt und sicherlich wesentlich entspannter zu besichtigen, als das überlaufene Pendant in der Innenstadt. Und das Beste … der Eintritt ist frei. Natürlich sollte man eine angemessene Spende in Betracht ziehen.

Wenn Sie genügend Tiere besichtigt haben, können Sie direkt nebenan dem Verkehrsmuseum der Stadtwerke einen Besuch abstatten. Hier findet man alles über die Geschichte der Straßenbahn in Frankfurt und natürlich auch etliche alte Straßenbahnen und passende Ausstellungstücke. Wenn Sie Glück haben, ist gerade eine Sonderfahrt angesetzt und Sie können mit historischen Bahnen eine Runde drehen. Der Eintritt ist mit ein paar wenigen Euros abgedeckt.

Jetzt haben Sie einiges erwandert und besichtigt und gönnen sich und Ihren Gästen einen Happen. Ab in die Kleinmarkthalle. Dieser geweihte Boden ist das Heiligtum der Frankfurter Gourmets. In dieser Markthalle, einen Katzensprung vom Paulsplatz entfernt, bekommt man alles, was das kulinarische Herz höher schlagen lässt. Das Flair der Halle erfasst den Besucher schon beim Übertreten der Schwelle. Sofort fühlt man sich in einer anderen Welt. Prall mit Obst, Gemüse, Gewürzen, Pflanzen und internationalen Spezialitäten bestückte Marktstände reihen sich aneinander. Man wird überflutet von Gerüchen und Eindrücken. Das Publikum in der Halle besteht zum größten Teil aus Stammgästen, und das merkt man auch. Man kennt sich. Man grüßt und neckt sich, und der oder die Händlerin weiß meist schon, was der Kunde haben möchte. Die Preise werden großzügig abgerundet, liebevoll verpackt wird die Auslegeware am langen Arm mit einem schönen Gruß an Gatte und Gattin, die man mit Namen kennt, überreicht. Und ungefähr in der Mitte der Halle an der südlichen Wand, in einem winzigen Laden, ist sie dann … die Wurst-Ilse. Eine Ikone der Stadt. Seit Menschengedenken steht Ilse Schreiber in ihrem nur wenige Quadratmeter großen Büdchen und verkauft eine Wurst nach der anderen. Sie pellt die Wurst in geradezu utopischer Geschwindigkeit und reicht sie über die Theke. Eine ellenlange Schlage bildet sich um die Mittagszeit an diesem Stand, aber das Warten lohnt sich und dauert auch nicht so lange, denn Wurst-Ilse ist die schnellste und originalste Wurstverkäuferin der Welt. Hier holen Sie sich und Ihren Gästen eine Wurst auf die Hand und essen sie direkt in der Halle an einem der langen Stehtische, die an die Wand geschraubt sind. Lecker!

Gesättigt geht es jetzt weiter. Nach der Stadtluft müssen Sie wieder in die Natur hinaus. Da haben wir einige Möglichkeiten, um Ihren Besuch zu beeindrucken. Entweder Sie fahren hoch auf den Lohrberg. *Den* Frankfurter Aussichtspunkt erreicht man schnell über die Friedberger Landstraße stadtauswärts. Etwa zwei Kilometer hinter der *Friedberger Warte* geht es rechts ab und schon ist man da.

Der Blick auf Frankfurt ist von hier aus besonders schön. Ein Restaurant lädt zu Kaffee und Kuchen ein, und man kann auf der Terrasse die Aussicht genießen. Allerdings ist der Lohrberg kein wirklicher Geheimtipp mehr, was man am Wochenende an den Besucherzahlen spürt.

Ruhiger verbringt man den Nachmittag bei einer Radtour durch den Grüngürtel. Oder besser gesagt: Einen Teil des Grüngürtels, denn der Radweg des Grüngürtels ist immerhin 62 Kilometer lang. Der Grüngürtel bietet aber nicht nur Radfahrern Entspannung. Er ist ein insgesamt 8000 Hektar großes Naherholungsgebiet rund um Frankfurt. Es gibt romantische Altarme der Nidda zu sehen, zahlreiche Ausflugsziele, wie zum Beispiel den alten Flugplatz Bonames, die Minigolfanlage in Heddernheim oder die Wasserspiele am Goetheturm. Der Grüngürtel hat sogar ein eigenes Maskottchen, das *Grüngürteltier*. Es ist das Ergebnis einer Mischung aus Wutz, Molch und Star und ist an mehreren Stellen im Grüngürtel als Büste zu finden. Die Figur wurde im Jahr 2001 vom Frankfurter Schriftsteller, Dichter, Maler und Zeichner Robert Gernhardt entworfen. Seit Gernhardts Tod im Jahr 2006 werden offizielle Darstellungen des Grüngürteltieres vom Frankfurter Künstler Philip Waechter ausgeführt.

So, jetzt ist es auch schon allmählich Zeit sich mit Ihren Gästen auf den Abend vorzubereiten.

Zuerst gehen Sie etwas leckeres Essen. Da bieten sich natürlich unzählige Restaurants an. Sie finden sicher etwas. Wer es etwas ausgefallen mag, der geht zum kleinen, aber sehr schmackhaften Eritreer in der Alten Gasse. Das *Savana* bietet einen wunderbar herzlichen Empfang und fantastische afrikanische Küche. Gegessen wird hier mit den Händen, und es gibt den besten Espresso der Stadt, … frisch geröstet! Aber unbedingt empfohlen ist die Platzreservierung.

Das gilt auch für den besonderen Italiener, … das *Paparazzi* in der Seckbacher Landstraße. Sehr klein, aber groß im Geschmack. Im *Paparazzi* gibt es nicht den Pizzariaeinheitsbrei. Hier gibt es den Salat in einer Brotschale, und die übrigen Gerichte haben den einzigartigen Geschmack von Selbstgemachtem. Das Ambiente ist fantastisch, urgemütlich, eng und unbedingt empfehlenswert.

Hausmannskost und typisch frankfurterisch geht es in den zahlreichen Apfelweinkneipen der Stadt zu. Exemplarisch nennen wir hier die Gaststätte *Zum Lemp* in Berkersheim. Klassisches Holzambiente mit einfacher, aber leckerer Speisekarte in hervorragender Qualität. Selbstgekelterter Apfelwein ist selbstverständlich, aber frisch gezapftes Bier aus der Region gibt es auch. Warum wir Ihnen und Ihren Gästen *Zum Lemp* empfehlen, erschließt sich, wenn Sie einen Blick in den Saal der Gaststätte über den Hof werfen. Denn hier ist ein Theater untergebracht, dass den sinnigen Namen *Lempenfieber* trägt. Und nach dem Essen geht es rüber in den Saal, und dort verbringen Sie den Abend mit einer Vorstellung der Volksbühne, die jede Menge Charme versprühen und für allerbeste Unterhaltung sorgen. Wenn heute keine Vorstellung ist, gibt es noch zahlreiche weiter Offshore-Theater in Frankfurt. Da wären die *Interkulturelle Bühne* in Bornheim, das *Theater Alte Brücke* in Sachsenhausen, das *Kellertheater* an der Schönen Aussicht und das *Fritz-Rémond Theater im* Zoo-Gesellschaftshaus, … um nur einige zu nennen. In diesen Häusern sind sie nah dran am Geschehen und haben garantiert einen tollen Abend.

Jetzt hatten Sie aber einen wirklich tollen Tag in Ihrer Stadt. Ihre Gäste haben Frankfurt weit ab vom Klischee erlebt und sehen es mit Sicherheit ab sofort in einem anderen Licht.

Und um die Sache rund zu machen, gehen Sie auf einen Absacker auf's Dach. In Frankfurt gibt es nämlich ein paar angesagte Rooftop-Bars. Im *Oosten* setzt man auf Industriechick. Bei rustikalem Ambiente aus Stahl und Beton, umgeben von alten Lastenkränen, kann man hier am alten Hafenbecken in der Nähe des Hauptbahnhofes einen Drink auf dem Dach mit Blick auf den Main genießen.

In der Innenstadt finden Sie auf dem Dach des Parkhauses an der Börse die *Long Island Summer Lounge,* eine hippe Dachterrasse mit Blick auf die Bankentürme der Stadt. Im beleuchteten Zustand ist die Skyline einfach ein Hingucker.

Und last, but not least hätten wir da noch etwas ganz Exklusives für Sie und Ihre Gäste. In der *22 Lounge&Bar* im 22. Stockwerk des *Eurotheums* herrscht vornehme Clubatmosphäre. Hier genießen Sie und Ihre Gäste in edlem Interieur die Musik live und die reichliche Auswahl an Drinks in edlen Ledersesseln. So beschließt der wahre Kenner einen unvergesslichen Tag in unserer Stadt stilvoll. Zeigen Sie Frankfurt von seiner besten Seite. Sie werden sehen, dass man Sie danach mit Lob überschütten wird. Sie müssen nicht erzählen, dass Sie die Tipps von uns haben … wir gönnen Ihnen den Triumph von ganzem Herzen.

Willkommen im Frauenhaus

Ein kleiner Streifzug durch das galante Frankfurt des Mittelalters von Ursula Neeb

Weil ja Stadtführungen durch das Frankfurter Rotlicht-Milieu momentan schwer in Mode sind, wird es endlich mal Zeit, dass das jemand macht, der auch Ahnung davon hat – nämlich ich. Vor allem, wenn es um die gute alte Zeit des Mittelalters geht. Mein Name ist Ursel Zimmer, und ich bin die Frankfurter Hurenkönigin. Heutzutage würde man sagen, »Bordellwirtin« oder »Puffmutter«. Meine Mädels nannten mich Meistersen – die Meistersen vom Frauenhaus am Dempelborn, so hieß unser Etablissement, nach einem dem Bordell gegenüberliegenden Brunnen, dem »Dempel« oder »Dempelborn«. Wir Huren waren in einer legitimen Zunft mit einem Gewerberecht zusammengeschlossen, und die Vorsteherin der städtischen Hurengilde bezeichnete man gemeinhin als »Hurenkönigin«.

Ich merke schon, dass es euch wundert, wenn ich unser Hurenhaus mit großer Selbstverständlichkeit als Frauenhaus bezeichne, denn ein Frauenhaus ist ja heutzutage ein Zufluchtsort für misshandelte Frauen. Zu meiner Zeit nannte man unser Bordell auch »Haus der gelüstigen Fräulein«, »der schönen Frauen Haus«, »das Haus der freien Töchter«, oder schlicht »Frauenhaus« – und wir Huren waren die Hübscherinnen, die wandelbaren Frauen, oder des Rates freie Töchter, wie wir in Frankfurt offiziell hießen.

Das Mittelalter, soviel ist gewiss, war die Blütezeit der Bordelle. Denn die Prostitution wurde von Kirche und Obrigkeit als notwendiges Übel betrachtet, um die einheimischen Frauen vor den Nachstellungen lediger Männer zu schützen. Strenge Heiratsgesetze der Zünfte sorgten nämlich dafür, dass sich viele Handwerksgesellen nicht niederlassen und heiraten konnten. Ihr Mütchen sollten sie dann bei uns Hübscherinnen kühlen. Neben den Handwerksgesellen zählten auch die Studenten und - man höre und staune - die Geistlichen zu unseren Kunden. Obwohl es Priestern und anderen geweihten Personen natürlich offiziell verboten war, ein Frauenhaus zu betreten, fanden sich doch immer genügend Mittel und Wege, um sie zu bedienen. Generell kann man sagen, dass bei Reichstagen und geistlichen Konzilen in den Frankfurter Frauenhäusern Hochkonjunktur herrschte. Richtig der Teufel los war aber während der Frankfurter Messe. Dann waren es die Kaufleute und Handelsreisenden von nah und fern, die unsere sündigen Dienste in Anspruch nahmen.

Zu Messezeiten platzte unser Frauenhaus förmlich aus allen Nähten, und wir einheimischen Hübscherinnen hätten diesen Andrang gar nicht alleine bewältigen können, wären da nicht noch die Heerscharen fahrender Dirnen gewesen, die zur Frankfurter Messe aus allen Landesteilen anreisten. Frauenhauswirtinnen aus Mainz, Worms und dem Umland zogen mit ihrem ganzen Bestand in die Stadt, um von dem freien Betrieb aller Handelsgewerbe während der Messe zu profitieren. Sie wohnten auf dem Fischerfeld und in der Fischergasse und mussten einen Gulden pro Woche als Gewerbesteuer an den städtischen Scharfrichter entrichten, der die Einnahmen an den Magistrat weiterleitete.

Das Wort »Bordell« geht zurück auf das französische »borde«, was so viel bedeutet wie »Rand«, weil wir Huren aufgrund unserer gesellschaftlichen Verachtung stets am

Rande der Stadt wohnen mussten. Häufig befanden sich die Frauenhäuser am Flussufer und in der Nähe des Stadtgrabens, was auf unser Frauenhaus auch zutraf. Es lag direkt an der Stadtmauer, in der kleinen Mainzergasse. Ganz anders als in der heutigen Zeit, wo die Wohnungen am Main sehr gefragt und entsprechend teuer sind, waren es damals überwiegend die armen Leute, die am Flussufer lebten. Die Gerber, Fischer, Gelegenheitsarbeiter, niederen Bediensteten und die Huren, denn es stank dort zum Gotterbarmen. Das brackige Wasser des nahen Stadtgrabens, die Fäkalien, die in den Main geleitet wurden, und die Fleischabfälle der Gerbereien verströmten einen penetranten Kloakengeruch. In den flussnahen Regionen gab es immer die ersten Seuchentoten. Auch das andere Frauenhaus, das es im Mittelalter in Frankfurt gab, das sogenannte »Stockhaus«, weil der Henker oder Stocker, genauso wie bei uns, dort für die Stadt die Gelder eintrieb und nach dem rechten sah, lag, nur ein kleines Stück von uns entfernt, unweit der Stadtmauer. Daher bezeichnete man in Frankfurt unseren Kiez auch als das Frauengässchen – und mit dem Rotlicht war es damals noch nicht so weit her: Die rote Laterne über der Eingangstür war der einzige Hinweis auf ein Frauenhaus – mehr gab es nicht. Die Prostitution in Frankfurt wurde streng auf diese Region beschränkt. Frauenhäuser sollten nicht in verkehrsreichen Straßen oder in der Nähe von Kirchen liegen, sondern möglichst in einer einsamen, abgelegenen Gegend.

Dass wir Hübscherinnen dem gesellschaftlich geächteten Henker unterstellt waren und räumlich an den Rand der Stadtmauer verbannt wurden, macht deutlich, wie sehr man uns verachtete. Wir mussten als Kenntlichmachung eine gelbe Verbrämung an der Kleidung tragen oder ein auffälliges gelbes Kleidungsstück – denn Gelb galt als die Farbe des Lasters, damit ein jeder sehen konnte, welchem Gewerbe wir nachgingen. Auch unser Begräbnisplatz lag außerhalb der Stadttore auf dem Schindanger, dem Friedhof der sogenannten »unehrlichen Leute« im damaligen »Galgenviertel« – heute besser bekannt als Gallus-Viertel, wo der Galgen stand und die Hinrichtungen stattfanden. Selbst in der Kirche mussten wir auf unserer zugewiesenen Hurenbank sitzen, die sich selbstredend in der letzten Reihe des Kirchenschiffs befand. Allgemein war es den Huren verwehrt, das Bürgerrecht zu erwerben, eine rühmliche Ausnahme bildete hier jedoch unsere freie Reichs- und Messestadt Frankfurt am Main, die auch schon im finsteren Mittelalter fortschrittlicher war als viele andere Städte. In Frankfurt loderte nicht nur während der Zeit der Hexenverfolgung kein einziger Scheiterhaufen, hier wurde sogar einer Frauenhauswirtin wie mir in der zweiten Hälfte des 15. Jahrhunderts das Bürgerrecht gewährt – und darauf können wir Frankfurter mit Fug und Recht stolz sein, wie ich finde. Das zeigt, dass uns die Stadtoberen neben der allgemeinen Verachtung auch eine gewisse Wertschätzung entgegenbrachten. Das kam nicht von ungefähr, wenn man bedenkt, dass die Besitzrechte der Frauenhäuser beim Magistrat der Stadt Frankfurt und zum Teil sogar bei Geistlichen Stiftungen lagen. Die Einnahmen aus den Bordellen stellten somit einen festen Bestandteil des städtischen Haushalts dar. Nicht selten erhielten wir von der Stadt Samt für Kleider und Blumenkränze. Das Verhältnis der Obrigkeit zu des Rates freien Töchtern war also durchweg ein gespaltenes. Denn im öffentlichen Leben waren wir Hübscherinnen nicht weg zu denken. So war es seitens des Senats üblich, die schönsten Huren aus den Frauenhäusern hohen Gästen als Empfangskomitee an den

Toren der Stadt entgegenzuschicken. Fürsten mit ihrem Gefolge wurden oftmals über mehrere Tage auf Kosten des Rates in den Frauenhäusern bewirtet. Nicht selten tanzten wir sogar für die Hohen Herren.
Auch die Haltung der Kirche zu uns wohlfeilen Frauen war mehr als widersprüchlich. Einerseits galt die Fleischeslust in den Augen der Kuttenträger als die Ursache allen Übels, andererseits floss ein Teil der Einnahmen aus den Frauenhäusern geistlichen Stiftungen zu. Sogar Nonnenklöster bezogen daraus Gelder.

Nun tretet aber endlich ein in unser Frauenhaus am Dempelborn, damit ihr euch selbst einen Eindruck davon machen könnt, wie es bei uns so zuging. Wir waren mit einer Schankkonzession ausgestattet und hatten eine große Gaststube, die für unsere Gäste auch stets ein Ort der Kurzweil war. Hier wurde gezecht, gespielt, musiziert und getafelt – und natürlich mit den schönen Frauen geschäkert. Jede Hübscherin hatte ihr eigenes Schlafzimmer, und es gab außerdem noch eine Küche und eine Badestube, denn auf Reinlichkeit wurde bei uns großen Wert gelegt. Insgesamt hatten wir neunzehn kleinere und ein großes Fenster, und in den größeren Stuben gab es sogar Kachelöfen. Man sieht, die Herren des Rates ließen sich in Bezug auf unsere Unterbringung nicht lumpen. Wir hatten richtige Betten mit Rosshaar-Matratzen und mussten nicht auf dem Strohsack schlafen wie arme Leute. Das Hurenhaus und das gesamte Inventar waren Eigentum der Stadt Frankfurt. Die Beaufsichtigung, Instandhaltung und wirtschaftliche Ausnutzung der Frauenhäuser wurde vom Magistrat als wichtige Aufgabe erachtet, denn sie und ihre Bewohnerinnen galten als wertvoller Besitz der Stadt. Deshalb standen wir Hübscherinnen auch unter dem besonderen Schutz der Obrigkeit. Bei Verwundung und Tötung einer Frauenhaushure trat die Stadt selbst als Klägerin auf. Frauenhäuser galten als befriedete Häuser, Straftaten darin wurden doppelt bestraft. Andererseits wurde es auch streng geahndet, wenn eine Hure die Stadt um ihren rechtmäßigen Verdienst prellte. Eine des Betruges oder der Unterschlagung überführte Hübscherin wurde aus der Stadt verbannt, und bei Übertretung war der Senat berechtigt, ihr vom Henker die Augen ausstechen zu lassen.

Eine Hure verdiente in der Regel zwischen zwei und achtundvierzig Groschen die Woche, die jeden Montag vom Henker an die Stadt abgeführt wurden. Ziemlich mickrig, werdet ihr denken. Das lag daran, dass auch Männer von geringem Einkommen die Möglichkeit haben sollten, sich den Besuch des Frauenhauses leisten zu können. Der belief sich etwa auf einen Pfennig pro Freier und war allerdings bei besonderen Ereignissen wie Reichstagen, Festen und Messen deutlich höher. Wir hatten schon Damen hier, die während der Messe über hundert Goldgulden verdienten. Damit die Mädels alle was davon hatten, wenn ein Galan zu seiner Liebsten besonders großzügig war, nahm ich als die Gildemeisterin die Einkünfte an mich und verteilte sie am Monatsende zu gleichen Teilen an die Huren. Da die Hübscherinnen aber nicht ihr ganzes Einkommen abgeben mussten, konnten sie über ein freies Taschengeld verfügen, das sie sparen oder ausgeben konnten, wie es ihnen beliebte.

Als Frauenhauswirtin hatte ich mit der Stadt einen Pachtvertrag von vier Jahren geschlossen, der an eine Kündigungsfrist von drei Monaten gebunden war und regelmäßig verlängert werden konnte. Die unmittelbare Überwachung des Frauenhauses unterstand dem Henker, die

Oberaufsicht hatte jedoch der Bürgermeister. Ich war auf mein Amt sogar vereidigt worden und musste mich verpflichten, das Haus redlich zu halten, die Hübscherinnen darin mit Zehrung, Kleidung und allen anderen Sachen in »gebührender Ziemlichkeit« zu versorgen. Man benötigte einen guten Leumund, um Frauenhauswirtin zu werden. Ich hatte außerdem dafür zu sorgen, keine verheirateten Huren im Frauenhaus aufzunehmen; stadtfremde Mädels wurden bei der Aufnahme ins Frauenhaus bevorzugt. Ich hatte auf die Gesundheit meiner Schäfchen genauso zu achten wie auf das Verbot des Verkehrs während der Schwangerschaft, Menstruation und eventuelle Krankheiten.

Wie wird man eigentlich eine Hure? Diese Frage wurde mir schon oft gestellt, und auch ihr wollt das bestimmt wissen. Also in meinem Fall war das so, dass ich als junges Mädchen vom Lande nach Frankfurt kam, um eine Stellung als Näherin zu bekommen. Nur wollten das damals ganze Scharen von jungen Frauen aus dem Umland, die bettelarm in die Großstadt kamen, in der Hoffnung, als Dienstmagd in einem begüterten Haushalt ein Auskommen zu finden. Es gab deutlich weniger Anstellungen als Arbeitsuchende, und den armen Dingern blieb in ihrer Not nur noch, vor den Kirchen zu betteln wie tausend andere auch, zu stehlen, um nicht zu verhungern – oder ihren Körper feilzubieten. Und da war das Frauenhaus noch der sicherste Platz. Denn als Straßendirne oder fahrende Hure warst du völlig vogelfrei und schutzlos der Unbill der Straße ausgesetzt.

An Sonn- und Feiertagen und während der Karwoche blieb unser Frauenhaus geschlossen. Als Frauenhauswirtin hatte ich dafür Sorge zu tragen, dass nie weniger als vierzehn Hübscherinnen ihren Dienst versahen, die tauglich, sauber und gesund sein mussten. Im Falle eines Ausscheidens einer Hure war ich verpflichtet, umgehend für Ersatz zu sorgen. Im Durchschnitt lebten im Frauenhaus etwa zwanzig Hübscherinnen, während der Messe beherbergten wir aber gut doppelt so viele. Ich hatte auch dafür zu sorgen, dass meine Mädels ausreichend Fleisch serviert bekamen, die Frauen hatten das Anrecht, sich zwei Gänge zu nehmen und konnten Wein trinken, soviel sie wollten. Zu unserem Personal zählten auch eine Köchin, eine Scheuermagd und eine Wäscherin. Jede Hure musste am Montag einen Pfennig in eine gemeinsame Büchse legen, ich als die Frauenhauswirtin sogar zwei Pfennige. Davon wurde der Jungfrau Maria in der Liebfrauenkirche jeden Sonntag eine Kerze gestiftet. Der Inhalt der Büchse wurde auch verwendet, wenn eine Hure krank wurde und ihren Unterhalt nicht mehr bestreiten konnte. Hospital und Arzt wurden davon bezahlt.

Alle meine Mädels hatten Spitznamen, die sich nach körperlichen und geistigen Eigentümlichkeiten richteten oder nach dem Heimatort. Ich erinnere mich noch gut an die angemalte Anna, die dicke Hedwig, das kleine Ännchen, die Idsteiner Trude, die zänkische Marie, die strenge Rosi, die Gräfin und die alte Irmelin. Während es mir ausdrücklich untersagt war, Minderjährige im Frauenhaus aufzunehmen, hatten wir auch Hübscherinnen, die schon seit gut dreißig Jahren ihrem Gewerbe nachgingen.

Auch ich hatte schon viele Jahre Anschaffen auf dem Buckel, ehe ich Bordellwirtin wurde. In unserem Gewerbe lernt man alles kennen, das könnt ihr mir glauben. Ich hatte Freier aus allen Schichten der Bevölkerung. Fürsten und Adelige, Ratsherren, Bürger, Studenten, Gelehrte,

Geistliche, Handwerksgesellen, reiche Patrizier und Kaufleute, Fahrende jeglicher Couleur – mitunter sogar Frauen, die aber nur dicht verschleiert das Frauenhaus betraten. Wir hatten etliche Stammgäste, die täglich ins Frauenhaus kamen, um ihre Lieblingshure zu treffen. Für gewöhnlich saßen unsere Hübscherinnen vor der Tür des Frauenhauses oder versammelten sich um den Dempelbrunnen, um ihre Reize zur Schau zu stellen und mit lauten Zurufen Besucher anzulocken. Wenn sich Standespersonen im Frauenhaus befanden, durfte die einfache Kundschaft nicht bedient werden. Das konnte mitunter schon Stress geben. So kam es bei uns häufig zu Eifersuchtsszenen, die in wüsten Prügeleien enden konnten. Angetrunkene Gäste warfen die Fensterscheiben ein oder benahmen sich sonstwie daneben. Wenn ich mit den Rüpeln nicht selbst fertig wurde, schaltete ich die sogenannten »Gassenmeister« ein, eine Art Sittenpolizei, die um die Frauenhäuser Streife ging. Dann war meistens Ruhe.

Natürlich blühte im Mittelalter neben der von der Obrigkeit kontrollierten Frauenhausprostitution auch die »wilde« Prostitution. Weit verbreitet war vor allem die Straßenprostitution. In Frankfurt konzentrierte sich diese hauptsächlich auf die Nähe der Stadtgräben, daher nannte man die Straßendirnen auch die »Grabennymphen« oder »Eckensteherinnen«. Blumensträuße waren ein beliebtes Erkennungszeichen der Straßenprostituierten.

Ganz wichtig in Bezug auf die heimliche Prostitution waren auch die im Mittelalter weit verbreiteten Badestuben, die sich seitens der Bevölkerung großer Beliebtheit erfreuten. Es war durchaus üblich, Gäste und Geschäftsfreunde in die Badestuben einzuladen. So hieß auch das Trinkgeld zur damaligen Zeit »Badgeld«. In den Badestuben entwickelte sich eine regelrechte Badeprostitution, nicht selten wurden Bademägde von Kupplern als Prostituierte vermittelt. Die Begriffe »Riberin« (Badereiberin) und »Zwagerin« waren gleichbedeutend mit Hure. In Frankfurt gab es eine »Badestube in der Neugasse«, die sich zwischen dem Stadtgraben und dem Friedhof am Dom befand, die »Badestube in der Borngasse« und die »Rothe Badestube« in der Fahrgasse, die bis ins 16. Jahrhundert hinein betrieben wurden. Die Syphilis, die sich seit Kolumbus' Amerika-Entdeckung in weiten Teilen Europas ausbreitete, machte die Badestuben zu Ansteckungsherden der gefürchteten Franzosenkrankheit und führte zu deren Schließung. Ein zeitgenössisches Volkslied veranschaulicht das:

»Ich bin gen Baden zogen
Zu löschen ab mein Brunst;
So find ich mich betrogen,
denn es ist gar umsunst.
Ich kann das Feuer nicht dämmen,
das mir mein Herz tut brennen.
Ich tu mich vielmals wäschen
Mit Wasser kalt und heiß
Und kann doch nichts erlöschen
Ja keinen Rat ich weiß
Ich kann das Feuer nicht dämmen,
das mir das Herz tut brennen.
An solchem meinem Schaden
Kein Lindrung ich empfind;
Je öfter ich tu baden,
Je mehr ich mich entzünd.
Ich kann das Feuer nicht dämmen,
das mir das Herz tut brennen.«

(Jacques Regnart, »Villanellen«, 1574)

Wobei mit dem »Feuer«, an dem der Badende sich entzündete, die Syphilis gemeint war. Im Zuge der Lustseuche mussten schließlich auch unsere Frauenhäuser weichen, was uns alle, mich nicht ausgenommen, mit großer Trauer erfüllte.

Doch eine Ursel Zimmer ist nicht so leicht totzukriegen, es gibt sie immer noch. Vielleicht seht ihr ja die Hurenkönigin in dem Delta, wo heutzutage in Frankfurt alle Flüsse zusammenfließen – die Nidda, die Elbe, die Mosel und die Weser. Ein weiser Mann namens Buddha soll einmal von ihr behauptet haben, sie schaffe es, dass selbst der mächtige Ganges bei ihrem Anblick seinen Lauf ändere und unaufhaltsam flussaufwärts ströme.

Über die Autorin – Ursula Neeb

Schon während ihres Studiums der Geschichte, Kulturwissenschaften und Soziologie begeisterte sich Ursula Neeb für das späte Mittelalter, insbesondere für die geächteten Bevölkerungsgruppen. Aus der eigentlich geplanten Doktorarbeit entstand später ihr erster Roman »Die Siechenmagd«. Sie arbeitete als Archivarin und Bilddokumentarin beim Deutschen Filmmuseum und bei der FAZ.

Heute lebt sie als Autorin mit Freund und Hund im Taunus. Das Schreiben von historischen Krimis ist ihre große Leidenschaft.

Frankfurter Skandale

In einer Stadt wie Frankfurt, die regelmäßig die Kriminalstatistik anführt, finden sich immer reichlich Skandale. Bevor wir aber jetzt die große Moralkeule auspacken und auf die Stadt einprügeln, sollten wir erwähnen, dass diese Statistiken auch richtig gelesen sein wollen. Die meist begangene Straftat im Jahr 2017 in Frankfurt war mit insgesamt 32,7% Diebstahl. Davon »nur« 13,6% schwerer Diebstahl, bei den restlichen Delikten handelte es sich um Laden- oder einfachen Diebstahl. Danach folgte der Verstoß gegen das Aufenthaltsgesetz mit 15,6%, womit wir schon einmal 48,3% aller Straftaten abgehandelt hätten. Rechnen wir noch die 9,7% für das Erschleichen von Sozialleistungen heraus, bleibt nicht mehr viel übrig. Die richtig schlimmen Dinge wie Sexual- und Rohheitsdelikte sind mit insgesamt 8,5% aller Straftaten dann doch eher weniger häufig anzutreffen. Mord, bzw. Tötungsdelikte sind so selten, dass sie noch nicht einmal einen eigenen Punkt in der Statistik haben. Wir vom Viertelstündchen sind der Meinung, dass der Titel Kriminalhauptstadt nicht das widerspiegelt, was unsere Stadt ist, nämlich sicher und lebenswert. Man könnte jetzt spitz behaupten: »Wenigstens sind wir jetzt doch noch die Hauptstadt geworden«, aber das ist ein anderes Thema, das wir im ersten Viertelstündchen bereits ausgiebig erläutert haben.

Allerdings muss man zugeben, dass Frankfurt schon immer gut war für Skandale und Aufsehen erregende Kriminalfälle. Genau aus diesem Grund werden wir in diesem und in den kommenden Viertelstündchen jeweils drei dieser Fälle schildern.

Beginnen wir mit dem wohl berühmtesten Kriminalfall unserer Stadt: Der Fall Rosemarie Nitribit war und ist in Frankfurt in aller Munde, aber noch immer ungelöst. Frau Nitribit wurde nur 24 Jahre alt, aber diese kurze Lebensspanne hatte es in sich. Der *Fall Nitribit* muss, wenn man über berühmte Frankfurter Skandale und Kriminalfälle spricht, unbedingt erwähnt werden, denn er ist durchaus dubios und vor allen Dingen skandalös. Wie sich nämlich herausstellte, war die Nitribit in den allerhöchsten Kreisen als Prostituierte unterwegs. Es gab sogar Gerüchte, dass kein Geringerer als Kurt Georg Kiesinger zu ihren Kunden zählte, was aber nie bewiesen werden konnte. Wir befassen uns hier mit den interessanten Fakten des Falles, die teilweise ziemlich kurios sind.

Fest steht, dass Maria Rosalia Auguste Nitribit, wie sie wirklich hieß, am 1. November 1957 mit einer Platzwunde am Kopf und Würgemalen am Hals tot in ihrer Wohnung in Frankfurt am Main in der Stiftstraße 36 am Eschenheimer Turm aufgefunden wurde. Später stellte man fest, dass sie da bereits seit zwanzig bis dreißig Stunden tot war. Demzufolge kann niemand genau sagen, wann sie nun wirklich gestorben ist. Man geht vom 29. Oktober aus. Allerdings hat der nicht genau festzustellende Todeszeitpunkt entscheidend dazu beigetragen, dass der Hauptverdächtige, der Handelsvertreter Heinz Christian Pohlmann, freigesprochen wurde.

Ziemlich kurios ist, dass man ihre Leiche ohne Kopf begrub. Er wurde als Beweismittel von der hiesigen Polizei zurückgehalten. Später wurde er als Lehrmittel genutzt, und im Anschluss daran wurde der Kopf im Kriminalmuseum ausgestellt, was ziemlich pietätlos ist, wenn Sie uns diese Anmerkung erlauben. Erst im Februar 2008 wurden Kopf und Körper wieder im Düsseldorfer Grab vereint, nachdem Spender die Verlängerung der Nutzungsdauer des Grabes finanziert hatten. Warum der Fall derartige Wellen schlug, ist aus heutiger Sicht eher merkwürdig. Beinahe alle Gerüchte, welcher Prominente oder Politiker wann wo und wie mit der Nitribit im Bett oder wer ihr verfallen war, konnten widerlegt werden. In ihrem sagenumwobenen Notizbuch befand sich kein einziger wirklich prominenter Name. Unbestreitbar sind zahlreiche Ermittlungspannen der Polizei, die die Gerüchteküche weiter befeuerten. Beispielsweise verschwanden Akten, die allerdings 2013 im Archiv wiedergefunden wurden. Man hatte sie schlicht vergessen, nachdem der Fall zu den Akten gelegt wurde. Wer letztendlich die junge Frau ermordet hat, wird wohl niemals geklärt werden. Gleichwohl wird man sich immer wieder mit dem Fall beschäftigen, denn er hat alles, was es benötigt, um Legenden zu stricken. Eine schöne junge Frau mit einem spektakulären Automobil, Kontakten zur Prominenz und einem Batzen Bargeld. Das klingt nach einem fantastischen Plot, wie ihn sich ein Schriftsteller wünscht. Man kann getrost sagen, dass der Mord an Rosemarie Nitribit unser *Fall Kennedy* ist, der wohl ebenso wie der Mord an dem US-Präsidenten niemals gelöst werden wird, und über den wir uns immer wieder neue Theorien ausdenken können.

Befassen wir uns nun mit einem Skandal, der an Unglaublichkeit kaum zu übertreffen ist. Die *Steuerfahnder-Affäre*, die auch den Beinamen *Paranoia-Affäre* erhielt, ist ein politischer Skandal der jüngeren Geschichte, und auch einer der Sonderklasse. Allerdings blieb er für die eigentlichen Missetäter folgenlos. Lediglich ein Gutachter wurde nach 10-jähriger Prozessdauer zu einer Schadensersatzzahlung in Höhe von 226.000 Euro verurteilt. Die im Zuge dieses Skandals aufgelöste, berühmt-berüchtigte Abteilung V des Frankfurter Finanzamtes, war bei einem Fahndungserfolg gegen die Commerzbank, die aktiv Kunden dabei geholfen hatte, Steuern zu hinterziehen und dem Staat damit immerhin eine ganze Milliarde an Einnahmen vorenthalten hatte, beteiligt und wurde dafür sogar belobigt. Die Ermittlungsgruppe war der Star der Steuerfahndung und hatte die ein oder andere Million hinterzogener Steuern zurückgeholt.

Die Stimmung kippte, als rund vierzig Steuerfahnder ihre Bedenken gegen eine Verfügung äußerten, die bestimmte, dass die Ermittler bei einem steuerstrafrechtlichen Anfangsverdacht bei Geldtransfers ins Ausland erst ab 300.000 DM bei Einzeltransfers oder einer Gesamtsumme von 500.000 DM tätig werden dürfen. In Folge dieser Proteste wurden mehr als ein Dutzend aufmüpfiger Steuerbeamte versetzt. Die so erfolgreiche und hochgelobte Abteilung V wurde sogar ganz aufgelöst, und zwar mit dem Argument, sie sei überbesetzt. Das merkwürdige dabei war, dass vor der Auseinandersetzung noch eine Aufstockung des Personals beantragt worden war. Nach und nach gaben sich die meisten Steuerfahnder durch das von Amts wegen betriebene Mobbing geschlagen und fügten sich in ihr Schicksal. Lediglich vier besonders hartnäckige Widersacher blieben standhaft. Daraufhin wurde ihnen von einem Gutachter eine *unheilbare paranoide-querulatorische Störung* bescheinigt, woraufhin sie in den Ruhestand versetzt wurden. Es folgte ein Prozessmarathon, der schließlich damit endete, dass das Gutachten als fehlerhaft eingestuft wurde, da es sich eindeutig um ein *Gefälligkeitsgutachten* handelte.

Die politisch Verantwortlichen, die wohl als Drahtzieher dieser einmaligen wie skandalösen Aktion galten, wurden trotz eines parlamentarischen Untersuchungsausschusses niemals belangt.

Den geschassten Beamten wurde eine Wiedereinstellung angeboten, die sie natürlich ablehnten. Aufgrund der über 10

Jahre andauernden Auseinandersetzung hatten sie sich längst eine neue Existenz aufgebaut. Eine Entschuldigung bei den als psychisch gestört eingestuften Beamten gibt es seitens der Behörde bis heute nicht.

Zwei junge Männer stehen im Mittelpunkt des nächsten Skandals, der von Frankfurter Boden ausging. Die *S&K Gruppe* wurde zu einem der größten Betrugsnetzwerke der deutschen Geschichte. Anfangs war ja noch alles gut. Die beiden jungen Männer, die gerne mit dem angaben, was sie hatten, kauften Immobilen aus Konkursen und Zwangsversteigerungen und verkauften sie gewinnbringend weiter. Ein lukratives Geschäft, durchaus legitim und legal. Die beiden wurden einigermaßen reich und fanden Geschmack am Luxus. So weit so gut. Dann kam die Finanzkrise um die *Lehmann Brothers*. In der Folge wurden Immobilien zum sichersten Anlageobjekt überhaupt. Niemand wollte sein Geld mehr in den Feenstaub der börsennotierten Unternehmen investieren. Immobilen galten als sicher und versprachen stete Gewinne. Das machte die beiden Jungunternehmer aus Frankfurt gierig. Sie gaben den Anlegern vor, Immobilien im Wert von 1,7 Milliarden Euro in ihrem geschlossenen Fonds zu betreuen. Sie behaupteten, dass sie ständig neue Immobilien dazu kauften und teurer weiterverkauften, und so Gewinne von 12 % erwirtschaften könnten. Da schlägt das Investorenherz doch gleich höher, und man gibt bereitwillig seine hart verdienten Ruhestandseuros den vermeintlich so erfolgreichen Jungunternehmern, die sich mit Prominenten wie Franz Beckenbauer und Chuck Norris auf Bildern schmückten. Chuck Norris wurde dafür bezahlt, auf einer ihren legendären Partys aufzutauchen, und Franz Beckenbauer spielte bei einem von S&K gesponserten Golfturnier mit. Das machte was her, die jungen Männer waren zweifellos erfolgreich.

Reich hingegen wurden nur die Jungunternehmer selbst. Sie besaßen durchaus Immobilien, ... allerdings waren die nur einen Bruchteil von dem wert, was von einem (von S&K gekauften) Gutachter, der noch nicht einmal befugt war, Immobilien in ihrem Wert zu schätzen, bewertet wurde. Durch ein mit über 100 Firmen verzweigtes Firmengeflecht wurden so komplizierte Gebilde geschaffen, dass die Immobilien im Bestand teilweise sogar in den Privatbesitz der beiden Firmengründer übergingen. So scheffelte man Geld. Insgesamt sammelten die beiden jungen Betrüger um die 240 Millionen Euro ein, ... die sie verprassten. Sie investierten das eingesammelte Geld nicht, sondern behielten es für sich. Die versprochenen Zinsen zahlten sie aus den weiterhin üppig fließenden Anlegermillionen. Derweil führten sie einen Lebensstil, für den das Wort *exzessiv* vermutlich noch untertrieben ist. Sie schmissen Partys, auf denen nicht nur leicht bekleidete Damen, sondern auch leibhaftige Elefanten herumliefen. Sie hatten riesige Villen und einen privaten Fuhrpark, in dem ein Porsche noch zu den billigeren Modellen zählte. Sie protzten bis zur Ekelgrenze und darüber hinaus ... und flogen genau damit auf.

Denn sie filmten sich dabei, und diese Filme landeten im Internet, wo auch die Polizei sie entdeckte und aufmerksam wurde. Die neugierigen Beamten wollten wissen, woher der sagenhafte Reichtum stammte. Schließlich hakte man nach und deckte den Betrug auf. Die beiden Jungunternehmer wurden nach vierjähriger Untersuchungshaft und einem ebenso langen Prozess zu jeweils 8,5 Jahren Gefängnis verurteilt. Das Urteil ist bei Erscheinung dieses Buches noch nicht rechtskräftig. Einer der beiden Männer arbeitet derzeit in einem Fitnessstudio, der andere hat ein abgebrochenes Studium wieder aufgenommen. Wenn sie ihre Haftstrafen irgendwann antreten, können sie durch die Anrechnung der U-Haft nach einem Jahr vermutlich mit einem offenen Vollzug rechnen. Das Geld und die Wertsachen wie Schmuck, Autos und Immobilien wurden vom Staat beschlagnahmt und dazu genutzt, den betrogenen Anlegern, die teilweise ihre Altersversorgung für S&K opferten, zumindest einen Bruchteil ihres Geldes wieder zurückzuzahlen.

Unsterblich in Frankfurt oder Die Odyssee im Strafraum

Eine Kurzgeschichte von Gerd Fischer

An Spieltagen fängt es morgens schon an zu kribbeln. So auch am 29. Mai des Jahres 1999. An jenem Tag steht ein besonderes Spiel im Frankfurter Waldstadion, jenem an Legenden und Erfolgen reich gesegneten Ort, auf dem Plan. Wer einmal dort gestanden und der Eintracht zugejubelt hat, wird nicht umhin können, der folgenden Geschichte eine gewisse Tragik zu bescheinigen.

Doch nun von vorne.

An jenem Samstag mache ich mich am späten Vormittag auf den Weg in den Stadtwald. Mein Kumpel Max ist mit von der Partie. Unsere erste Station heißt Oberforsthaus, wo wir uns im Kreise weiterer Fans einen Entspannungs-Ebbelwoi gönnen. Unser Ritual.

Es ist der letzte Spieltag der Saison und die Eintracht steht mit 34 Punkten auf Platz 16. Einem Abstiegsplatz. Bochum und die Gladbacher Fohlen stehen noch dahinter und bereits als Absteiger fest. Gesucht wird noch der dritte Absteiger in die 2. Liga ...

Sollte die SGE, im hundertsten Jahr nach ihrer Gründung, wirklich absteigen? Die Vorzeichen sprechen gegen die Diva vom Main. Alle unmittelbaren Konkurrenten haben mehr Punkte auf dem Konto.

Nach zwei weiteren Trink-Stationen und dem vierten Schoppen komme ich mit Max am Haupteingang vorm Stadion an. Hinterm letzten Kassenhäuschen halte ich an. Unser Treffpunkt.

Max schaut mich an. »Was ist los?«

»Wir warten auf Frank.«

»Wieso?«

»Ich hab doch drei Karten ergattert. Frank kommt mit.«

»Aha ...« Max zieht die Augenbrauen hoch. »Weiß er, dass wir hier stehen?«

»Ich hab heute Morgen seine Freundin angerufen ... besser gesagt ... Ich hab ihr auf den AB gequatscht, dass wir uns hier treffen.«

Ich schaue auf die Uhr. 14.30 Uhr ist die vereinbarte Zeit. Noch eine Minute. »Müsste gleich da sein.«

»Dann hätt ich ja noch einen trinken können«, mault Max.

»Holen wir nach, wenn wir drin sind«, antworte ich. Lust auf Diskussionen habe ich nicht, dafür bin ich viel zu ungeduldig.

Ausgerechnet heute, im alles entscheidenden Spiel, geht es gegen den amtierenden Meister, die Roten Teufel aus Kaiserslautern, die heute mit einem Sieg die direkte Quali für die Champions League schaffen können.

Mit anderen Worten: Eigentlich sieht es zappenduster aus. Doch als Fußball-Fan weiß man: Die Hoffnung stirbt bekanntlich nie, auch wenn die Saison der Eintracht gefühlt eine wahre Odyssee durch die untere Tabellenhälfte gewesen ist. Die Diva vom Main pendelte die gesamte Hinrunde nur knapp oberhalb der Abstiegsränge, doch am 27. Spieltag rutschte sie erstmals ab auf Platz 16. Am Ende der Saison drehte die Mannschaft jedoch auf und die Aufholjagd begann. Unentschieden am 30. Spieltag beim HSV, Sieg in Bremen, Sieg gegen Dortmund, Sieg auf Schalke. Doch es reichte immer noch nicht für einen Nichtabstiegsplatz.

Vor Spielbeginn war allen klar, um was es heute ging: Um nichts weniger als die Existenz. Solche Spiele kommen nicht sehr häufig vor. Schon Tage vorher schwelt eine unergründliche Spannung, die kaum auszuhalten ist.

»Meinst du, Frank kommt noch?« Max‘ Stimme macht mich nervös.

Ein Blick auf die Uhr sagt mir, dass er längst hier sein müsste.

»Kommt bestimmt gleich«, raune ich Max nervös zu und versuche, ihn zu beschwichtigen, denn ich weiß, was unvermeidlich kommen würde.

Und es kommt: »Ich will aber einen guten Platz im Block.«

Ruhig Blut!, sage ich mir, das Spiel würde aufregend genug werden. Doch der Zeiger tickert unaufhaltsam vorwärts und steuert bereits auf 14.50 Uhr zu.

»Ich muss mal wohin«, sagt Max, »aber dann geh'n wir rein, okay?«

»Ja, ja.« Max verschwindet im nahegelegenen Waldstück. Ich schaue ihm hinterher und bin froh, eine Weile Ruhe zu haben.

Immer mehr Fans strömen an mir vorüber zum Eingang. Gegnerische Fans, einige mit Teufelsmasken, schwenken Fahnen. Denen werden wir die Hölle heiß machen, denke ich, bevor sich mein Blick wieder auf die Uhr richtet. Ich fluche. Das kann Frank mir nicht antun! Nicht bei einem solchen Spiel.

Plötzlich schießt mir ein Gedanke durch den Kopf: Was, wenn er die Nachricht gar nicht abgehört hat? Verflixt! Diese neumodischen Handtelefone wären jetzt die Rettung. Aber ich habe noch keins. Zu teuer.

Bleibt nur warten. Ich lasse meinen Blick schweifen, aber von Frank weit und breit keine Spur. Mir wird mulmig. Frank ist einer der größten Eintracht-Fans, die ich kenne, und ich kenne viele.

Inzwischen kehrt Max aus dem Wald zurück. »Jetzt aber los!«, ruft er und trippelt von einem Fuß auf den anderen. »Er kommt nicht mehr.«

Mist, denke ich. Max wird gleich wahnsinnig. Die Anspannung ist zu groß. Das spüre ich. Außerdem möchte ich auch nicht den Anpfiff verpassen.

Ein letztes Mal schaue ich mich um, sehe einige Zuspätgekommene Richtung Eingang hetzen, sehe Adler-Aufnäher und wehende Eintracht-Schals.

Nur Frank sehe ich nicht.

»Was machen wir mit der Karte?«, frage ich.

Max blickt sich ebenfalls um. »Die haben alle eine. Vergiss sie und komm endlich!«

Ich stecke Franks Karte in die hintere rechte Hosentasche und mein Gewissen sagt: Platzverweis! Das war's dann! Es fällt mir schwer, mich in Bewegung zu setzen. Frank wird mich in Stücke reißen.

Um 15.23 Uhr erreichen wir Block E. Es riecht nach Bier und Pyros. Und es herrscht Gedränge. Wir stehen ziemlich weit oben, kämpfen uns aber zehn Stufen nach unten durch.

Aus den Lautsprechern ertönt die Hymne »Erbarme, zu spät, die Hesse komme« und als das Lied zu Ende ist, werden die Mannschaftsaufstellungen durchgegeben.

Plötzlich kommt mir ein Ohrwurm von früher in den Sinn. *»Ja, im Wald da spielt die Eintracht, Halli, Hallo, die Eintracht. Und die schießt Tor auf Tor.«* Genau das bräuchten wir heute.

Das Zittern beginnt mit dem Anpfiff. Die Fans sind gut drauf, machen Stimmung, und werden von der Mannschaft nicht enttäuscht. Trotz des starken Gegners halten alle elf dagegen.

Das Spiel wogt hin und her. Ich halte es nicht mehr aus und stöpsel mir den Stecker ins Ohr. Bundesligakonferenz* auf HR1.

»Und?«, fragt Max kurz darauf.

»Noch nix passiert«, antworte ich.

Frank verpasst nichts, denke ich. Wenigstens etwas! Ich stecke in einem Zwiespalt. Wenn die Eintracht hoch gewänne, würden sie eventuell drin bleiben, aber Frank würde mich töten, weil er das Spiel verpasst hat.

Dann doch etwas Neues. Ein Spieler namens Fredi Bobic, höre ich im Radio, schießt Stuttgart gegen Bremen mit 1:0 in Front und entledigt die Schwaben damit aller Abstiegssorgen, denn schon ein Unentschieden würde sie retten.

Ich teile es Max mit, der etwas in sich zusammensackt. Auch weil auf dem Rasen wenig passiert. Gegen Ende der ersten Halbzeit belauern sich beide Mannschaften. Doch es gibt wieder Neuigkeiten. Diesmal aus Nürnberg. Günter Koch schreit mir ins Ohr. *»Freiburg geht 1:0 in Führung.«* Und nur wenige Minuten später: *»Freiburg erhöht auf 2:0. Ja ist denn der Club von allen guten Geistern verlassen?«*

Ich signalisiere Max das Ergebnis und erzähle ihm, was passiert ist. Freiburg schließt in der ersten Halbzeit zwei Konter im Frankenstadion erfolgreich ab, zweimal Günes. Er schaut mich an. Seine Augen leuchten.

Im Waldstadion keine Tore zum Pausenpfiff. Aber die Freiburger führen zur Pause 2:0 beim Club. Also braucht die Eintracht nur einen 3:0 Sieg. NUR ...

Anpfiff zur zweiten Halbzeit. Plötzlich ist Zug drin. Chen Yang, unser flinker Asiate, schnappt sich den Ball, setzt sich auf der rechten Flanke durch bis in den Strafraum, schießt und der Ball zappelt unhaltbar im Netz.

Reporter Dirk Schmitt auf HR1 überschlägt sich: *»Toooor in Frankfurt, 46. Spielminute und was für ein Ding! Chen Yang packt einen aus und mit dem rechten Außenrist jagt er das Leder ins linke obere Tordreieck. 1:0 für Frankfurt.«* Meine Ohrmuschel dröhnt.

Ich schaue Max mit einem Funkeln in den Augen an, doch er zuckt nur die Achseln. Was will er mir damit sagen? Abwarten? Strohfeuer? Überraschungscoup?

Die Fans um uns herum sind jedenfalls euphorisch und wir lassen uns von der aufbrausenden Stimmung anstecken.

»Eintracht vor, noch ein Tor!«

Wo Frank wohl gerade das Spiel schaut? Vielleicht im Backstage, der Eintracht-Kneipe im Nordend. Dahin wollen wir ohnehin nach dem Schlusspfiff. Aber noch ist es nicht soweit. Ich konzentriere mich auf das, was auf dem grünen Rasen geschieht. Und da geht es hin und her. Das Spiel gewinnt an Fahrt. Auch die Roten Teufel spielen offensiv. Brauchen jetzt zwei Tore für die Qualifikation zur Champions League.

Dirk Schmitt, euphorisiert durch das Chen Yang-Tor, lässt sich auf HR1 zu einem gewagten Kommentar hinreißen. *»Die Frankfurter Eintracht spielt hier einen hervorragenden Fußball ...«*

Und genau so etwas sollte man im Fußball vermeiden, denn postwendend blicke ich mit angsterfüllten Augen aufs Spielfeld und der Schweiß bricht mir aus. Dirk Schmitts Stimme ändert sich. *»Der Ball springt Alexander Schur an die Hand, der Schiri pfeift. Elfmeter für Kaiserslautern. Etwas umstritten. Michael Schönberg tritt an gegen Oka Nikolov, läuft an und versenkt die Kugel zum 1:1.«*

Der Tiefschlag. Die 2. Liga winkt bereits um die Ecke. War's das schon? Jetzt bräuchten wir ein Wund ...

Ich will nicht weiterdenken, werde abgelenkt durch einen weiteren Kommentar. *»In Nürnberg werden jetzt einige Steine gepurzelt sein ...«*

Max steht neben mir und rührt sich nicht mehr. Will gerade etwas sagen, doch die Ereignisse beginnen sich zu überschlagen, denn Marko Gebhardt setzt sich auf der linken Seite durch, flankt in den Strafraum und ... *»Tor in Frankfurt. 2:1 für die Eintracht. Thomas Sobotzik steht am langen Eck und nickt den Ball ein«,* höre ich in meinem Ohr und weiß nicht, ob ich den Treffer erst gesehen oder erst gehört habe.

Scheißegal. Hauptsache drin! Die Sache fängt wieder an,

Spaß zu machen. Jetzt ein Törchen nachlegen, dann wäre wieder alles offen. Und zudem zitiere ich Manni Breuckmann, der in der Bundeligakonferenz aus dem Ruhrstadion berichtet: *»Der bereits abgestiegene VFL Bochum macht das 1:1 gegen Hansa Rostock. Stefan Kuntz per Kopfball und jetzt fangen plötzlich die Rostocker wieder an zu wackeln.«*

Max ruft freudestrahlend: »Wir schaffen es noch!«

Irgendwie bin ich ihm dankbar für so viel Optimismus, und als hätten es die Bochumer gehört, erklingt es süß wie Honig in meinem Ohr. *»Die 73. Minute. 2:1 für Bochum«*, schreit Manni Breuckmann, *»durch einen Freistoß von Peschel und das Schicksal von Hansa wendet sich zum Schlechten ... denn damit wäre Rostock abgestiegen und im Waldstadion liegen sich alle in den Armen.«*

Genauso ist es. Max umschlingt mich. »Sag ich doch!«

Und ich frage mich, ob Manni Breuckmann hellsehen kann, werde aber gleich darauf abgelenkt, denn er meldet sich schon wieder und schreit ins Mikro. *»Toooor in Bochum in der 77. Spielminute. Das 2:2 für Hansa Rostock durch Agali. Aber auch das würde Hansa nicht reichen.«*

Das Wechselbad der Gefühle geht weiter. Hilfe! Was machen die mit uns? Ich schaue auf die Uhr. Noch ein Viertelstündchen in Frankfurt und schüttele halb traumatisiert den Kopf. Doch der Wahnsinn an diesem Nachmittag im Mai fängt ja gerade erst an ...

Denn ich sehe Marko Gebhardt mit dem Ball am Fuß. Es ist die 80. Spielminute. Gleichzeitig höre ich Dirk Schmitt, der klingt, als wolle er ihn am liebsten in den Allerwertesten treten und ihn anpeitschen. *»Marko Gebhardt dringt in den Strafraum ein, schießt ... und als habe es die ersten 30 Spieltage nicht gegeben, aus ganz spitzem Winkel, unter die Latte. 3:1 für die Eintracht.«*

Es ist soweit! Ich traue weder meinen Augen noch

meinen Ohren. Irgendwas kann mit meiner Wahrnehmung nicht stimmen. Ist das real? Träume ich?

Max neben mir tut cool. »Ruhig Blut! Da geht noch was.« Und kaum hat er es ausgesprochen, wir befinden uns jetzt in der 82. Spielminute, der Jubel zum 3:1 ist noch nicht verklungen, passiert es. Flanke von rechts in den Lauterer Strafraum, Direktabnahme etwa 8 Meter vorm Kasten, halbhoch Richtung rechtes Eck ...

»Toooor in Frankfurt«, höre ich Dirk Schmitt brüllen. *»4:1 für die Eintracht. Bernd Schneider macht den Treffer.«* Jetzt ist es endgültig um mich geschehen. Ich weiß nicht mehr, wo ich hinschauen, was ich hören und was ich tun soll.

Aber immer noch sind einige Minuten zu spielen. Mein Kopf platzt gleich. Mir fällt wieder die Songzeile ein: *»Ja, im Wald da spielt die Eintracht, Halli, Hallo, die Eintracht. Und die schießt Tor auf Tor.«*

Richtig! Ich komme aber nicht zu Atem: *»Tooor für Rostock«,* krakeelt mir Manni Breuckmann ins Ohr. *»Mayak per Kopf zum 3:2 für Hansa. 7.000 mitgereiste Rostocker sind aus dem Häuschen.«*

Ich versuche rasch nachzurechnen. Rostock wäre gerettet, die Eintracht auch und Nürnberg müsste runter ... Und wie zur Bestätigung vernehme ich Günter Koch aus dem Frankenstadion: *»Der Club taumelt.«*

Yes!, denke ich. Sollte sich tatsächlich alles zum Guten wenden? Bevor mein Gehirn mir signalisieren kann, dass ich mit meiner Rechnung richtig liege, erschallt wieder Günter Kochs vermaledeite Stimme: *»Tooor in Nürnberg, ich pack das nicht, ich halt das nicht mehr aus, ich kann nicht mehr hinschauen. Ich glaube es nicht, aber der Ball ist drin. Ich weiß nicht wie, aber es steht nur noch 1:2 und damit bliebe Nürnberg, Stand jetzt um 17.13 Uhr in der Bundesliga und die Eintracht aus Frankfurt müsste in die 2. Liga absteigen.*

Nickel per Kopf, es ist nicht zu fassen.«

Welch ein Drama! Die Eintracht wächst über sich hinaus und dann sowas ...

Ich schaue Max an, die Hoffnung in seinen Augen – erloschen! Nur noch Leere. Der Abgrund hat einen Namen: 2. Liga! Und um uns herum? Totenstille. Alle hatten es inzwischen im Radio gehört. Es war, als seien wir auf dem Friedhof. Denn damit wäre die Eintracht abgestiegen. Und nur noch 4 Minuten auf der Uhr.

»Wir brauchen noch ein Tor!«, sagt Max.

Ich nicke. »Dann wären wir punkt- und torgleich mit Nürnberg, hätten aber mehr geschossene Tore«, platze ich heraus.

»Daumendrücken«, sagt Max. Seine Mimik wirkt verbissen, er kaut auf der Lippe rum. Ich traue mich kaum noch, aufs Spielfeld zu schauen, sehe aber aus den Augenwinkeln Westerthaler, gerade erst eingewechselt worden, der den Ball nach vorne treibt. Um nicht völlig in Lethargie zu versinken, sage ich halblaut: »Sekt oder Ebbelwoi – jetzt kommt's drauf an!«

»Letzte Chance!«, brüllt Max und blickt gebannt nach unten.

Westerthaler passt auf Jan Age Fjörtoft, der den Ball annimmt, fast streichelt, und ihn vorwärts bugsiert. Wie aus dem Nichts taucht Fjörtoft vor dem Sechzehner auf, tänzelt mit dem Ball am Fuß, nimmt das Tor ins Visier.

Aber das ist doch noch viel zu weit, denke ich.

Doch der Norweger setzt an zu einer Odyssee in den Strafraum, und ich denke, oh weia! Hoffentlich diesmal, hoffentlich rein damit! Es sieht aus, als habe er ein inneres Navigationsgerät, so zielstrebig treibt er den Ball weiter und dann ... ja, was macht er denn da? Einen Übersteiger? Ja, einen Übersteiger mit rechts! Ich sehe es mit eigenen Augen und kann es doch nicht glauben. Kurz darauf feuert er mit links ab, lupft den Ball über den herauslaufenden Torwart Richtung Tor. Und der Ball fliegt und fliegt und ...

Was ich sehe, raubt mir den Atem, ich bekomme Herzrasen, meine Sicht verschwimmt, bis ich gar nichts mehr sehe.

Doch zum Glück höre ich parallel HR1: *»Toooooor! Tooooor! Herrjee! Welche Leistung! Und damit wäre wieder der 1. FC Nürnberg in der 2. Liga!«*

Ich schaue Max ungläubig an. Und die Welt steht für einen Moment still! Ganz still! Der perfekte Moment! Es ist auch jener Moment, in dem ich zwischen Tausenden anderer stehe und doch ganz bei mir bin, bevor eine Welle das ganze Stadion erbeben lässt und mich mitreißt. Rings um uns bricht sich der gigantischste Jubel meiner Stadionkarriere Bahn. Alle springen hoch, kreischen im Glücksrausch, fallen sich in die Arme, drücken sich halb tot, hören nicht mehr auf zu springen, schreien, was das Zeug hält, reiben sich die Augen. Können es immer noch nicht fassen.

Zum Glück ist der Stöpsel noch im Ohr: *»Abpfiff in Nürnberg, der Club am Abgrund und die Clubberer tun mir leid.«*

Darauf können wir hier keine Rücksicht nehmen. Verpassen durch das Chaos allerdings den Abpfiff. Dirk Schmitt, wieder am Mikro aus dem Waldstadion, brüllt mir ins Ohr: *»Das Spiel ist aus. Grenzenloser Jubel. Die Frankfurter Eintracht hat den Klassenerhalt in der 1. Fußball-Bundesliga gepackt. Niemand konnte damit rechnen. Die Eintracht hat viermal hintereinander gewonnen und damit den Grundstein gelegt, und heute das i-Tüpfelchen. Ein sensationeller 5:1 Sieg.«*

Um mich herum brechen alle Dämme. Die Leute rasten aus. Wollen in den Innenraum, stürmen im Block hinunter, drängen an den Zaun, klettern hoch und drüber. Das Spielfeld wird geflutet. Innerhalb weniger Minuten wimmelt es von Zuschauern, die wie von Sinnen auf der Suche nach ihren Helden über den heiligen Rasen flitzen.

Währenddessen schaue ich in den Himmel. Es muss einen Eintracht-Gott geben, denke ich. Mit diesem Schuss hat sich Fjörtoft unsterblich gemacht in Frankfurt! Zur Legende. Ihm werden die Fans immer huldigen.

Und dann das Unvermeidliche. Ich denke an Frank und überlege, ob er mich steinigen wird oder welche Todesqualen sonst auf mich warten. Au weia!

»Abpfiff in Bochum«, höre ich. *»Hansa rettet sich mit einem 3:2 Sieg.«*

Aber das nehme ich längst nur noch als Randnotiz wahr. Wichtig ist hier, wichtig ist die Eintracht. Und die hat es geschafft!

»Das war mal ein echter Showdown!«, brüllt Max. »Und wir waren dabei!« Er klopft mir auf die Schulter.

Und dann gibt es kein Halten mehr. Wir stürmen auch auf's Spielfeld auf der Suche nach – heute nicht Grabi, Holz oder Falke – heute heißen sie Chen Yang, Gebhardt, Sobotzik, Schneider und – last but not least – Fjörtoft, der sich für alle Zeiten in unsere Herzen geschossen hat.

Auf diesem Rasenstück wurden Legenden geboren und Fußball-Geschichte geschrieben. Heute kam ein erstaunliches Kapitel hinzu.

Zwei Stunden später erreichen wir das Backstage im Nordend. Die Party ist in vollem Gange. Die Kneipe platzt aus allen Nähten. Die ersten liegen bereits mit dem Kopf auf dem Tresen. Eintracht-Lieder schallen durch den Raum. Es riecht nach Alkohol und Eintracht-Seligkeit. Wirt Heinrich schreit durch die Menge: »Freibier für alle!«

Die Antwort aus Hunderten von Kehlen ist ein einziger Jubelschrei.

Nach dem dritten Bier entdecke ich auf einem Fernseher, dass der Übersteiger auf Video in Endlosschleife läuft. Die ganze Nacht hindurch. Gefühlt hundertmal schaue ich mir die Szene an, stets begleitet vom Jubel glückstrunkener Fans, die sich in den Armen liegen.

Und dann taucht Frank plötzlich auf. Wie aus dem Nichts steht er vor mir und seine Mimik verrät, dass er zwiegespalten ist.

Ich weiß nicht, was ich sagen soll, fange aber dann doch an: »Ich hab euch auf den AB gesprochen.«

Er blickt mich scharf an, setzt mich damit unter Strom. Doch dann verzieht sich sein Mund zu einem Grinsen: »Scheiß drauf!«, brüllt er los. »Hauptsache dringeblieben.«

Ich atme auf. Er fällt mir in die Arme, drückt mich. Ich greife in meine Hosentasche und reiche ihm seine Karte. Er nimmt sie und drückt einen Kuss darauf.

Mir fällt ein Stein vom Herzen. Hallo Eintracht, denke ich, alte Diva! Wir werden dich wieder Bundesliga spielen sehen.

*Ich bin heute noch im Besitz der CD mit dem Titel »Der Kampf um Frankfurt. Live-Mitschnitt der ARD-Schaltkonferenz des Bundesligafinales der Saison 1998/99«. Von dieser stammen auch sämtliche *kursiven* Zitate im Text. Werner Reinke, HR Urgestein, leitet sie mit den Worten ein: *»Diese Schaltkonferenz wird als eine der dramatischsten und fesselndsten in die Geschichte der Radio-Sportübertragungen eingehen.«*

Über den Autor – Gerd Fischer

Gerd Fischer, Verleger des mainbook-Verlages und Autor der »main crime«-Reihe: Krimis um den Frankfurter Kommissar Andreas Rauscher.
2006 veröffentlichte er seinen ersten Krimi »Mord auf Bali«, gleichzeitig Kommissar Rauschers erster Fall. Es folgten »Lauf in den Tod«, »Der Mann mit den zarten Händen«, »Robin Tod«, »Paukersterben«, »Fliegeralarm« und »Abgerippt«.

Gerd Fischer wurde 1970 in Hanau geboren und wuchs in Altenstadt-Höchst in der Wetterau auf. Er lebt und arbeitet seit 1991 in Frankfurt-Bockenheim. Er hat Germanistik, Kunstgeschichte und Politik an der Johann Wolfgang Goethe-Uni studiert und arbeitet zurzeit auch als Lektor und Ghostwriter.

Mehr erfahren Sie unter fischergerd.de

Grüß' mir die Sonne

Wenn man an Frankfurt denkt, hat man als erstes Hochhäuser, die Eintracht oder den Flughafen im Sinn. Das ist natürlich in Ordnung, denn das alles gehört unweigerlich zu den Dingen unserer Stadt, die sie ausmachen. Aber was genau wissen Sie denn über die eben genannten Markenzeichen unserer Stadt?

Über die Hochhäuser haben wir bereits in Band 1 berichtet, die Eintracht ist natürlich ein Dauerthema in Frankfurt, aber es ist nicht jeder Leser ein Fußballfan … und Gerd Fischer befasste sich soeben schon ausführlich mit ihr. Also reden wir über den Flughafen.

Da gibt es unglaubliche Fakten, die meist mit riesigen Zahlen und Superlativen in Verbindung gesetzt werden.

Wie wäre es denn mal mit anderen, weniger bekannten Fakten und der geschichtlichen Entwicklung des Frankfurter Flughafens? Ganz nach Art des Viertelstündchens, schauen wir uns die Dinge an, die Sie vielleicht noch nicht wissen und die durchaus interessant sind.

In unserer Stadt wurde Pionierarbeit der zivilen Luftfahrt geleistet. Im Jahr 1909 wurde in Frankfurt mit der *Deutschen-Luftschiffahrts-Aktiengesellschaft* die erste Fluggesellschaft der Welt gegründet. Es dauerte aber noch drei weitere Jahre, bis am Frankfurter Rebstockgelände der erste Flughafen in Betrieb ging. Das darf man mit dem heutigen Flughafen natürlich nicht vergleichen. Zunächst starteten hier nur Luftschiffe wie der Zeppelin LZ 11 *Victoria Luise*. Erst ab 1924 starteten und landeten hier auch Flugzeuge. Im Jahr 1926 wurde hier die Deutsche Lufthansa gegründet, zunächst nur als Transportunternehmen. Was daraus geworden ist, braucht man nicht extra zu erwähnen.

Der Flughafen am Rebstock wurde sogar für den Start

von Fritz von Opels legendärem Raketenflugzeug *Opel Sander RAK 1* genutzt. Aber das ging gehörig in die Hose. Das Flugzeug, das mit einem Katapult gestartet und danach mit Raketenantrieb fortbewegt wurde, brauchte bei der groß angekündigten Vorführung drei Versuche, um loszufliegen. Das Flugzeug erreichte eine Geschwindigkeit von 100 Km/h und eine Flughöhe von unfassbaren 20 Metern. Nach knapp zwei Kilometern und lächerlichen 80 Sekunden Flugzeit gab es seinen Geist auf, legte eine Bruchlandung hin und wurde nie wieder aufgebaut. Der Pilot blieb unverletzt!

Man mag heute von einer Blamage reden, aber es benötigt innovative Ideen von tollkühnen Menschen, um die Gesamtentwicklung voran zu bringen. Aus solchen Desastern kann man seine Schlüsse ziehen und die Dinge verbessern.

Der Flughafen am Rebstock gedieh und wurde irgendwann zu klein. Im Jahr 1930 beschloss dann die Frankfurter Stadtregierung, mit dem Neubau im Frankfurter Stadtwald südlich Schwanheims einen neuen, größeren Flughafen zu errichten. Doch das Vorhaben scheiterte zunächst an der Weltwirtschaftskrise. 1933 hatten die Nazis die Macht ergriffen und ließen an gleicher Stelle 600 Hektar Wald roden; ohne behördliche Genehmigung übrigens. Als Deutschland eine Diktatur wurde, gab es kein Halten mehr. Jetzt wurde geklotzt und nicht gekleckert. Es wurde nur noch von einem Weltflughafen gesprochen und die damals größte Luftschiffhalle der Welt errichtet. Damit die zahlreichen Arbeiter nah am Geschehen waren, baute man sogar eine eigene Stadt für sie und nannte sie Zeppelinheim. Am 8. Juli 1936 wurde er dann offiziell eingeweiht, der *Flug- und Luftschiffhafen Rhein-Main.* Es wurde gestartet und gelandet, was das Zeug hielt. Die Luftschifffahrt war auf ihrem Höhepunkt. Die Passagier- und Frachtzahlen stiegen und stiegen. Es gab nur einen Weg … bergauf. Bis am 6. Mai 1937 die *Hindenburg* in Lake Hurst so tragisch verunglückte und 34 Menschen in den Tod riss. Dieser Unfall war gleichzeitig das Ende der Luftschifffahrt.

Aber nicht das Ende des Flughafens.

Der Krieg kam, und natürlich wurde der Frankfurter Flughafen für militärische Zwecke genutzt. Jüdische Zwangsarbeiterinnen errichteten unter unmenschlichen Bedingungen die erste betonierte Start- und Landebahn, die 1944 mit 2000 Bomben malträtiert und schließlich 1945 von der deutschen Wehrmacht auch noch gesprengt wurde, als klar schien, dass der Krieg nicht mehr zu gewinnen war. Aber die Amerikaner schafften es in Rekordzeit, die Start- und Landebahn wiederherzustellen. Groteskerweise unter Zuhilfenahme deutscher Kriegsgefangener. Natürlich erkannten die Besatzer die strategisch günstige Lage des Flughafens und vergrößerten ihn. Eine eigens dafür gegründete Gesellschaft sollte sich darum kümmern.

Im Jahr 1948 kam es zu den dramatischen Ereignissen, in deren Folge die Stadt Berlin durch die Sowjetunion von der Außenwelt abgeschnitten wurde. Jetzt starteten die *Rosinenbomber* von Frankfurt aus nach Berlin, um die isolierte Bevölkerung Berlins mit Gütern aus der Luft zu versorgen. Noch heute zeugt das Luftbrückendenkmal direkt an der A5 von diesen heroischen Tagen der Berliner Luftbrücke.

Im Jahr 1949 wurde der Flughafen geteilt. Der südliche Bereich wurde zur *Rhein-Main Airbase* und ausschließlich vom amerikanischen Militär genutzt. Der nördliche Teil sollte den zivilen Luftverkehr bedienen.

In den nun folgenden Wirtschaftswunderjahren und den Zeiten des *Kalten Kriegs* wurde der Flughafen Stück für Stück modernisiert und weiter ausgebaut. Der Düsenantrieb wurde zum Standard, das Fliegen wurde schneller und lauter, aber auch erschwinglicher, und somit wuchsen die Passagier- und Frachtzahlen immer weiter an. Infolge der Düsenfliegerei mussten natürlich die Start- und Landebahnen angepasst werden, was weiteres bewaldetes Gelände fraß. Dann kam die *Startbahn West,* und eines der dunkelsten Kapitel der Frankfurter Stadtgeschichte begann. Bereits gegen das Planfeststellungsverfahren gab es über 100 Klagen. Das blockierte den Bau sieben Jahre lang. Im Jahr 1980 beschloss der *Hessische Verwaltungsgerichtshof*, dass die Betonbahn gebaut werden durfte. Obwohl tägliche Demonstrationen und Ausschreitungen gegen den Ausbau stattfanden, wurde die Startbahn West 1984 eröffnet. Die Proteste gingen aber weiter. Ein Hüttendorf wurde im Stadtwald gegründet, in dem die Startbahngegner wohnten. Den Höhepunkt erreichten die Proteste, als am 2. November 1987 der Polizeihauptkommissar Klaus Eichhöfer und der erst 23-jährige Polizeimeister Thorsten Schwalm von vermutlich zwei Wahnsinnigen, die insgesamt 14-mal während einer Demonstration in die Polizistengruppe schossen, getötet wurden. Dieser Fall war und ist bis heute der einzige in Deutschland, bei dem Polizisten während einer Demonstration getötet wurden. Die Startbahngegner selbst waren mit den Schüssen nicht einverstanden, versuchten in einem eigenen Untersuchungsausschuss herauszufinden, was geschehen war und wie es dazu kommen konnte, scheiterten aber letztendlich daran und gaben schließlich auf. Danach zerfiel der Protest gegen die Startbahn und löste sich schließlich ganz auf. Das Gericht sah es als erwiesen an, dass Andreas E. und Frank H. die Schützen waren. Jedoch konnten sie den Tatbestand des Mords nicht nachweisen, sodass die beiden Täter nur wegen Totschlags belangt wurden. Frank H. wurde am Ende sogar vom Vorwurf des Totschlags freigesprochen und wegen Mitgliedschaft in einer kriminellen Vereinigung verurteilt.

Andreas E. wurde als der alleinige Schütze ausgemacht und wegen Totschlags, versuchten Totschlags und Mitgliedschaft in einer kriminellen Vereinigung zu 15 Jahren Haft verurteilt. So richtig zufrieden war damit keiner, aber alle Revisionsanträge wurden abgelehnt.

Danach war es eine Zeit lang relativ ruhig um den Flughafen. Natürlich gab und gibt es auch heute noch Flughafengegner, vor allem wegen des Lärms. Gegen den Lärm führte man 2007 ein Nachtflugverbot von 23.00 Uhr bis 5.00 Uhr ein, das immer wieder für Diskussionen sorgt.

Es gab ein paar Affären, wie zum Beispiel der Skandal um die Parkplatztickets. Im Jahr 2008 deckte das Magazin *Focus* auf, dass der Flughafenbetreiber FRAPORT an insgesamt 150 Abgeordnete aus Bundes- und Landtag, sowie Journalisten, Diplomaten und hochrangigen Bänkern Jahres-Tickets für das Parkhaus aushändigte. Der Wert eines Gutscheins betrug immerhin 2650.- €. Der Skandal blieb ein laues Lüftchen, auch wenn er als Bestechungsversuch hätte herhalten können und natürlich moralisch verwerflich ist.

2005 wurde die *Airbase* im Süden an die Deutschen übergeben. Die Amerikaner benötigten den Standort nicht mehr. Ihnen genügte ihr Flughafen in Rammstein bei Kaiserslautern. Also entstand im südlichen Teil des Flughafens *Cargo City Süd* für den Frachtverkehr. Mittlerweile wird dort ein drittes Terminal errichtet, das 2020 in Betrieb gehen soll.

Etwas mehr Wind machte im Dezember 2007 die Ankündigung, dass eine weitere Startbahn benötigt und gebaut würde. Man musste eigens dafür einen Chemiebetrieb umsiedeln und natürlich wieder in die Umwelt eingreifen. Ein Hütten- und Zeltdorf wurde von Protestanten an der Stelle errichtet, an der die Landebahn gebaut werden sollte. Sofort kamen die Erinnerungen und Gedanken an die Proteste gegen die *Startbahn West* wieder

hoch. Aber das Dorf wurde geräumt, 216 Hektar Wald zerstört und die Landebahn relativ geräuschlos errichtet und in Betrieb genommen.
Der Frankfurter Flughafen hat seit jeher die Gemüter der Bewohner unserer Region gespalten. Da sind seine Gegner die demonstrieren, weil ihnen die Luftwirbel der Flugzeuge die Ziegeln vom Dach blasen und der Lärm ihre Kinder vermutlich krank mache. Es gibt die, denen das alles egal ist, weil sie nicht betroffen sind. Es gibt die Gespaltenen, die einerseits gegen den Lärm und die Umweltbelastung sind, aber andererseits auch gerne von Frankfurt aus in alle Welt fliegen möchten. Natürlich gibt es auch die, die den Flughafen lieben und sich an die Aussichtplattformen der Start- und Landebahnen stellen, um die Flieger zu fotografieren und die technische Meisterleistung zu bewundern. Wie auch immer man es sehen will, der Flughafen ist in unserer Zeit einfach notwendig und nicht zuletzt der größte Arbeitgeber Hessens. Abertausende von Menschen verdienen sich dort ihren Lebensunterhalt. Andererseits breitet er sich aus wie ein Geschwür und zerstört dabei die Umwelt. Er wird gehasst und geliebt und ist immer ein Politikum. Er ist wie ein ungeliebter Bruder, er ist halt einfach da und wir müssen mit ihm leben …

Aus den Aufzeichnungen der Frau Rat Goethe, genannt Frau Aja

Eine Kurzgeschichte von Sibylle Nicolai

Im 210. Jahr in den *Seligen Gefilden*

Gestern hab ich hier nach langer Zeit endlich mal wieder mit jemand Frankforderisch babbele könne. Ach, was hat mir des gut getan!

Es ziehn hier ins Jenseitige ja ständig Leut ein, un fast jedes Mal sin da drunter auch e paar frisch Verblichene aus Frankfort. Aber es is, seit's mich anno 1808 hierher verschlage hat, immer desselbe: erst isses e Riesengedrängel, und dann, haste net gesehn, verläuft sich alles ganz schnell. Die Selige Gefilde sin ebe unvorstellbar unendlich. Da verliert mer de Überblick, wer am End wo verbliebe sein könnt.

Gestern aber is mir e junge und sehr hübsche Frau geradewegs in die Arme gelaufe. Sie war erst kurz zuvor eingetroffe und noch arg verwirrt. Julia heißt se, hat se gesagt, sie wär e Studentin, käm aus Sachsehause un hätt en Unfall gehabt mit em *'Ibeik',* der ihr irdisches Dasein beendet hätt. Ich weiß jetzt net, was des is, e Ibeik, aber ich hab se auch net gefragt. Ich wollt net gleich so in sie dringe.

Als se sich dann e bissje beruhigt hatt, sin mir aber ins Plaudern gekomme, un des hab ich so genosse, wie schon lang nix mehr, weil se e echt Frankforter Mädche is. An de Goethe-Universität hat se studiert, un am Goethe-Institut in Sachsehause war se auch, un ich hab's gar net fasse könne, was se alles weiß über mein Johann Wolfgang, mein heiß geliebte Hätschelhans. Sein' Faust kennt se in un auswendig un de Werther, de Götz von Berlichinge, de Erlkönig, de Zauberlehrling, de Wilhelm Meister... Mit unserm Haus im

Große Hirschgrabe un mit de Gerbermühl is se erstaunlich vertraut... Mir ist ganz warm geworde ums Herz. Ach, was sag ich: mei Herz is gehüppt vor Freud!

Natürlich hab ich von ihr wisse wolle, wie's jetzt so aussieht in meiner alte Heimat, un da hat se mir erzählt, Frankfort hätt jetzt auf'm Römerberg e *neue Altstadt.* Des wär die 'neueste Altstadt von de Welt'.

»Was soll denn des sein?« hab ich sie gefragt. »Des hört sich für mich an wie 'weißer Rappe' oder 'schwarzer Schimmel'.«

Die nenne des in Frankfort jetzt so, hat se gemeint, weil mer auf'm Römerberg fast alles so ähnlich wieder dahin gebaut hätt, wo's früher mal gestande hätt, aber zwischedrin halt lang kaputt gewese wär.

Von dem *Zwischedrin* is mir schon mal was zu Ohrn gekomme, aber ich hab's net wisse wolle. Ich hab mir mei Frankfurt, so wie ich's kenn, im Herze bewahre wolle, unser *Stadt*, wie mir gesagt habe, net unser *Alt*stadt. Auch wenn mein Sohn kei gutes Haar an ihr gelasse hat. Sogar sei'm Mephisto hat er ja in de Mund gelegt, was ihm an Frankfurt net gepasst hat:

»Ich suchte mir so eine Hauptstadt aus,
*im Kerne Bürger-Nahrungs-**Graus**.*
Krummenge Gäßchen, steile Giebeln,
Beschränkten Markt, Kohl, Rüben, Zwiebeln,
*Fleischbänke, wo die **Schmeißen** hausen,*
die fetten Braten anzuschmausen.
Da findest du zu jeder Zeit
*gewiß **Gestank** und Tätigkeit.«*

Im Gegesatz zu mei'm Sohn hab ich mich über all des nie beklagt, un ich war oft an de Schirne un auf'm Hühnermarkt einkaufe, weil ich ja so gern gekocht un gebacke hab.

Doch ich war kaum 136 Jahr weg aus Frankfort, da ziehn hier im Jenseits zwei Fraue ein aus de Schnurgass un erzähle, überall in de Welt wär Krieg, un ebe grad wär am Römerberg un um de Römerberg rum alles abgebrannt. Ich hab's net hörn wolle, un ich hab mir eingered, ich hätt's auch nie gehört. Schlechte Nachrichte mag ich net. Ich bin un bleib e Frohnatur. Des hat mir ja auch schon mein Hätschelhans bescheinigt:

»*Vom Vater hab ich die Statur,*
des Lebens ernstes Führen,
vom Mütterchen die Frohnatur
und Lust zu fabulieren.«

Aber des Fräulein Julia war ja noch gar net fertig mit berichte. Sie hat gesagt, sie hätt den Römerberg vorher nur gekannt mit viel Platz drauf. Jetzt wär's dort für ihr Gefühl zu eng. Da stünd einfach zu viel rum. Un Theater spiele könnt mer da jetzt auch net mehr.

»Theater?« hab ich se gefragt, »die habe da Theater gespielt?«

»Ja«, hat se gestrahlt, »unter freiem Himmel im Archäologische Garte.« Un es würd mich bestimmt freue zu hörn, dass se sogar mal de Urfaust von mei'm Sohn aufgeführt hätte.

De Urfaust. Den habe se, so lang ich am Lebe war, nie in Frankfort dargebote. Aber in Sache Theater habe mir ja sowieso lang auf'm Trockene gesesse. Ich hab dem Fräulein Julia erzählt, wie froh mir sein musste, wenn mal e Wanderbühn vorbei gekomme is. Die hat dann e Zelt aufgebaut oder im Wirtshaus ihr Posse aufgeführt. Die Frankforter Bürger habe sich ewig net getraut, e Theater zu baue, weil die protestantische Pfaffe ohne End von de Kanzel runner gege das 'sündhafte Spektakel' gewettert habe. Trotzdem hab ich mir des Spektakel gern angeguckt un hab die Komödiante, wenn se fertig warn mit ihre Posse, auch oft zu mir nach Haus eingelade auf e paar Gläscher Tyranneblut aus de Kurpfalz. Bis zu mei'm einundfuffzigste Lebensjahr hab ich warte müsse, bis ich des erste Mal in e richtig Theater gekomme bin. 1782 war des, da hat endlich des Comoedienhaus am Theaterplatz aufgemacht. Zu mei'm Bedauern leider net mit em Drama von mei'm Sohn, sondern mit 'Kabale un Liebe' von Friedrich Schiller. Des war für mich, bei aller Freud, en kleine Wermutstroppe.

»Des kann ich Ihne nachempfinde«, hat des Fräulein Julia geseufzt. »Aber wisse sie, wenn ich dran denk, was des jetzt schon wieder für e Theater is un e lokalpolitisches Gezerre um des jetzige Theater, is des für mich e ganz Flasch voll Wermutstroppe.«

Es gäb nämlich in Frankfort, hat se mir erklärt, schon seit 55 Jahr e neues Theater, des auch e Oper wär. Aber des wär jetzt schon länger net mehr neu genug. Un jetzt wollte es die Eine am liebste abreiße und an Ort un Stell - oder noch lieber ganz woanners - e neues baue. Un die Annern wollte's renoviern. Aber auch des würde se net so wirklich wolle, weil, so lang da gebaut würd, könnt keiner drin spiele un singe. Un weil, nachdem se erst beinah siebe Millione (ob Reichstaler oder Gulde, hab ich vergesse zu frage) *versenkt* hätte, nur um raus zu finde, wie teuer das Ganze wird, se noch emal fast 900 Millione zuamme kratze müsste für de Umbau. Mei Nerve!

»Aber des mit dem Römerberg ist doch bestimmt auch net billig gewese«, hab ich zum Fräulein Julia gesagt. »Un jetzt habe se da lauter neue Häuser gebaut, die aussehn, als wärn se echt alt, un ich versteh, ehrlich gesagt, net ganz, warum.«

»Wege de Japaner un de Chinese«, hat sie geantwort.

Chinese? Wie sie des gesagt hat, hab ich noch deutlicher gemerkt als vorher schon, dass uns mehr als 200 Jahr trenne. Es is ja net so, dass ich nie Mensche aus fremde Länder gesehn hätt. Wenn mir in Frankfort Messe hatte, warn in de Stadt Handelsleut aus de ganze Welt: Franzose, Italiener, Ungarn, Böhme, Pole un sogar welche aus Konstantinopel. Aber Chinese warn da net dabei. Mir kannte nur Porzellan aus China un Seide.

»Un jetzt sin die Chinese selber in Frankfort?« hab ich gefragt. »Aber nur e paar, oder?«

»Nein, ganz viele«, hat das Fräulein Julia berichtet. Die Chinese un die Japaner kaufe gern ein in de Goethestraß un mache auch immer en Halt an dem große Denkmal für Ihren Sohn auf' 'm Goetheplatz. Die sin sehr interessiert an unserer Kultur.« Ich würd staune, wenn ich sehn tät, wie die in Scharen in unserm Haus rum laufe. Des würd jetzt alle Welt kenne als des 'Frankforter Goethehaus', un es wär schon seit über 150 Jahrn e Museum.

Des mit dem Museum war mir net ganz neu, als ich aber des erste Mal davon gehört hab, musst ich erst emal begreife, was des überhaupt is, e *Museum*. Zu meiner Zeit hatte mir so was net in Frankfort. Als ich's dann begriffe hatt, is mir vor Stolz aber bald mei Haub davon gefloge, un ich hab nur gedacht: Was e Glück, dass ich als Hausfrau immer aufgepasst hab, dass alles ordentlich is! Des Fräulein Julia hat jedoch gemeint, ich würd mei Haus innedrin wahrscheinlich gar net wiedererkenne. Un auße rum wär jetzt auch alles ganz anners. Un nebedran gäb's demnächst auch noch e Romantik-Museum.

»*Roman-tick*?« hab ich gerätselt. »Was is des jetzt schon wieder? Hat des was demit zu tun, dass mein Bub auch en *Roman* geschriebe hat?«

Net wirklich, hat des Fräulein Julia versucht mich aufzuklärn. Die Romantik wär e *Epoche* und stünd zwische *Klassik, Sturm* un *Drang, Empfindsamkeit, Aufklärung* un *Biedermeier, Vormärz* un *Realismus.*

Des warn mir zu viele Fremdwörter! »Un bei all dene seltsame Sache hat mein Sohn, der ja nix, was mer lerne konnt, ausgelasse hat, auch mitgemacht?« hab ich gefragt.

»Mehr oder weniger, ja«, hat des Fräulein Julia geantwort, »aber wahrscheinlich war ihm des selber gar net bewusst, weil die Epoche ja immer erst auf spezielle Name getauft wern, wenn sie schon rum sin.«

Herrje, die Welt is so kompliziert. Ich find's net schlimm, dass ich net mehr drin bin.

Des Fräulein Julia un ich habe dann erst emal e Päusche eingelegt, weil mir e bissje de Kopp gebrummt hat. Erst war ich so froh gewese, mal wieder e paar Neuigkeite aus meim gude alte Frankfort zu erfahrn, un dann habe die mich so wirr gemacht.

Aber anscheinend hat des Fräulein Julia sein Spaß dran gehabt, mir was zuzumute.

»Ich sollt Ihne vielleicht noch erzähle, verehrte Frau Goethe«, hat se gesagt, als ich mich grad wieder e bissje berappelt hatt, »dass die Freie Reichsstadt, wie Sie se kenne, bei viele Leut heut nur noch *Platz* heißt. *Finanzplatz.*«

»Noch so e neues Wort!« hab ich gestöhnt. »Un dazu eins, des gar net schön klingt: Finanzzzzplatzzzzz. Wer kommt denn auf so was?«

»Die Banke.«

»Wie bitte?«

»Ganz Frankfort is voll mit Banke.«

»Banke?« hab ich simmeliert. »Wenn Sie Bank*häuser* meine - von dene hatte mir auch schon genug. Die Bethmann-Bank, Metzler, Willemer, Gontard, Rothschild...«

Eigentlich hatte mir in Frankfort fast nur Kaufleut un Bankiers. Mein Hätschelhans hätt, als er 24 war, ja sogar beinah mal eingeheiratet in e Bankhaus, weil er bis über beide Ohrn verliebt war in die Tochter vom Bankier Schönemann. 16 Jahr war die Lili un e richtige Augenweide. E halb Jahr lang warn die zwei verlobt, aber dann hat er wieder mal kalte Füß gekriegt, de Bub. Mein Mann un ich habe damals ja gedacht, die Schönemanns wärn steinreich, aber es hat net lang gedauert, da warn se bankrott un viele von ihre Kunde vermutlich auch. Die Lili war dann noch e zweites Mal verlobt, mit em Bankier aus Straßburg, un auch der hat sei ganzes Vermöge in de Sand gesetzt. Also, ich war seitdem ja immer e bissje misstrauisch gege die Geldaristokrate. Net gege des Geld an sich, des konnt ich gut leide. Genau wie mein Sohn. Un der hat natürlich auch gleich wieder en Reim drauf gemacht:

»Künstler, dich selbst zu adeln,
musst du bescheiden prahlen.
Lass dich heute loben, morgen tadeln –
und immer ***bezahlen!****«*

»Wenn ich Sie richtig verstande hab«, hab ich zum Fräulein Julia gesagt, »wollte Sie sage, dass es so Geldhändler, dene mer sei Ersparnisse gibt, dass sie drauf aufpasse, die davon aber erst emal möglichst viel in die eigene Tasch packe un de Rest, wenn mer Pech hat, pulverisiern, in Frankfort immer noch gibt?«

»Jede Menge«, hat se gesagt, »un des wern immer mehr, und die schliddern von Krise zu Krise un von Skandal zu

Skandal. Mir habe in Frankfort 215 Banke, un viele von dene sitze auf faule Bilanze, aber in hohe Türm.«

»Hohe Türm? Wo stehn die denn all?«

»Mitte in Frankfort.«

»Aber Sie habe doch gesagt, Frankfort wär jetzt e alt Neusta...äh, neu Altstadt«, hab ich widersproche. »Da is doch nur Platz für de Domturm.«

»Net in de Altstadt. Überall drumrum.«

»Drumrum«, hab ich sie belehrt, »hatte mir früher auch schon Türm. De Eschenheimer Turm, de Rententurm, de Kuhhirtenturm...«

»Ich weiß. Un de Goetheturm ...«, is mir des Fräulein Julia ins Wort gefalle.

Grad wollt ich frohlocke, dass mein Hätschelhans nach em Museum, ner Straß, em Denkmal, em Platz, ner Universität un em Institut posthum auch noch en Turm gekriegt hat, da hat sie schon weiter gesprudelt:

»Entschuldigung! Ich hab mich vertan. Der war ja noch gar net so alt, als ihn im letzte Jahr 'n Feuerteufel abgefackelt hat. Aber es ging mir ja sowieso um die jetzige Türm. Die sin nämlich ganz erheblich viel höher. Des sin Wolkekratzer. Der, der am nächste an de Wolke kratzt, is 259 m hoch. Mir habe über 30 Türm, die höher sin als 100 m, un es komme immer mehr dazu. Un alle zusamme sin unser *Skeilein.«*

Ich bin mir net sicher gewese, ob mich des Fräulein Julia mit all dene Meter net vielleicht e bissje veräppele wollt. Aber gleich drauf hat se noch dicker aufgetrage. Irgendwas von em Frankforter *Fluch*-Hafen hat se erzählt, der riesig wär. Un dass es nur drei Häfen in ganz Europa gäb, die noch größer wärn als der in Frankfort.

»Jetzt übertreibe Sie aber, Sie studiertes Mädche«, hab ich gesagt. »Was soll denn Frankfort mit so em riesegroße Hafen? Frankfort liegt am Main un net am Meer.«

E bissje verdächtig fand ich des mit dem *Fluch*, un im selbe Moment is mir ebbes bang geworde um des Fräulein Julia. Mir hat geschwant, dass se womöglich net mehr so ganz weiß, was se alles rede tut. Vielleicht is da in ihrm Kopp ja irgendwas verrutscht bei dem Unfall mit dem *Ibeik.* Ich denk, se soll sich erst mal e Weilche ausruhn un hier eingewöhne, dann babbele mir ganz vernünftig weiter....

*

(Anmerkung: Sollte der/die Leser/in dieser Aufzeichnung sich fragen, weshalb Frau Aja im Jenseits nicht zusammen ist mit ihrem Ehemann Johann Caspar und ihrem Hätschelhans, ist das organisatorisch bedingt: Ungeachtet aller aktuellen irdischen Gender-Debatten finden sich die Vertreterinnen des weiblichen Geschlechts, sobald sie verblichen sind, derzeit noch in den Seligen Gefilden wieder. Die Männer in den Ewigen Jagdgründen.)

Über die Autorin – Sibylle Nicolai

Sibylle Nicolai ist Schauspielerin, TV-Moderatorin und Autorin. Sie lebt in Frankfurt am Main.

Zu ihren bisherigen Veröffentlichungen zählen der Roman »Pneumatischer Busen & 'n Bembel voll Baileys«, das Koch- und Lesebuch »99 rote Rezepte«, der Politroman »Wer wählt, wird Millionär«, zahlreiche Hörspiele sowie die Komödie »Die Revolte von Rumpelstilzchen & Co. oder Die Vergrimmbesserer«.

Mehr erfahren Sie unter sibylle-nicolai.de

Aus Alt mach Neu

Im Frühjahr 2018 ist die neue Altstadt in Frankfurt eröffnet worden. Wie kann denn eine *neue* Altstadt entstehen, fragt sich sicher der ein oder die andere jetzt. Ganz einfach: Man baut etwas Neues, das alt aussieht, es aber nicht ist. Retro nennt man das. Man kann auch Vintage dazu sagen.

Egal!

Es ist, wie es ist, Frankfurt hat jetzt eine neue Altstadt. Ein wie immer bei solchen Bauvorhaben umstrittenes Projekt hat ein versöhnliches Ende gefunden. Der ganze Spaß hat satte 200 Millionen Euro verschlungen. Insgesamt 35 neue Häuser, die alt aussehen, sind entstanden. Davor stand da eigentlich nur ein einziges Haus. Und zwar das hässlichste, das die Menschheit je gesehen hat, wie so mancher Frankfurter sagen würde. Denn bevor mit der neuen Altstadt der neue Touristenmagnet zwischen Römerberg und Kaiserdom entstanden ist, stand dort das *Technische Rathaus*. Eine brutale Bausünde aus den 1970er Jahren. Im Jahr 2009 wurde das Ungetüm aus Beton und Stahl abgerissen, um für den Wiederaufbau der Frankfurter Altstadt Platz zu machen. Was auch gut war, denn irgendwie sah das *Technische Rathaus* so aus, als wäre es für immer von einem Baugerüst umrahmt.

Naja, über Geschmack lässt sich nicht streiten …

Die Frankfurter Altstadt, also die echte, war bis zum 2.Weltkrieg eine der romantischsten Innenstädte Deutschlands, wenn nicht sogar weltweit. Zahllose enge Gassen wurden gesäumt von uralten Fachwerkhäusern. Kopfsteinbepflasterte Straßen zogen sich durch das Viertel wie ein altes Adergeflecht. Ab und an wurde der Dschungel der krummen Häuser gelichtet und ein kleiner Platz erschien; meist mit einem Brunnen geschmückt. Ein

Labyrinth, aus dem wohl so manch einer ohne GPS unterstütztes Navigationsgerät heute nicht mehr hinaus finden würde. Knapp 2000 Gebäude drängten sich rund um den Dom in der Altstadt, und das auf gerade einmal einem halben Quadratkilometer. Die Altstadt kann man getrost als die Keimzelle Frankfurts bezeichnen. Denn schon lange, bevor Frankfurt im Jahr 794 zum ersten Mal urkundlich erwähnt wurde, war hier ein römischer Handelsposten beheimatet. Vermutlich lag es an der nahen Furt durch den Main, was den Domhügel bereits in grauer Vorzeit so besonders machte. Irgendwann so um 260 herum verließen die Römer den Domhügel. Schlappe 251 Jahre, nachdem Hermann sie im Teutoburger Wald verprügelt hatte. Zugegeben, hier einen Zusammenhang herzustellen, ist hanebüchener Unsinn, aber irgendwas muss die Römer ja aus Frankfurt vertrieben haben. Vermutlich waren es die Alamannen, denn die haben sich nach 260 dort niedergelassen. Konservierte Ausgrabungen direkt vor dem Dom sind heute noch zu bewundern und mittlerweile sogar wetterfest zu besichtigen.

Doch zurück zur Altstadt.

Der Name sagt es eigentlich schon. Die Stadt war … alt. Und das in jeder Hinsicht. In der (alten) Altstadt zu wohnen, war bei weitem nicht immer ein Vergnügen. Teilweise waren die Gassen derart eng, dass sich die Nachbarn von gegenüber die Hand reichen konnten, wenn sie aus dem Fenster griffen. Eine funktionierende Kanalisation gab es nicht. Alles wurde oberirdisch in den Main geleitet. Der Gestank war dementsprechend, die hygienischen Verhältnisse katastrophal. Typhus- und Cholera-Epidemien waren noch im 19. Jahrhundert die Folge. Erst 1867 begann man mit dem Ausbau der Kanalisation. Es gab Straßen, in denen das Sonnenlicht niemals den Boden berührte, weil die Häuserschluchten dies nicht zuließen. In der Altstadt lebten alsbald die Armen, denn wer es sich leisten konnte, zog in die Neubauviertel, zum Beispiel ins Westend. Die Hinterhöfe zwischen Dom und Römerberg, die dem heutigen Auge des Betrachters ein besonders romantisches Flair vortäuschen, bildeten das Armenhaus der Stadt.

Das, was wir heute als schön und romantisch empfinden, war dem damaligen Zeitgeist nicht zu entnehmen. Es gab sogar ein Lästergedicht in Goethes Faust über die Altstadt Frankfurts, das Sie gerade in der der Geschichte von Sibylle Nicolai lesen konnten.

Der Stadthistoriker Anton Kirchner schrieb im Jahr 1818:

»*Die Überladung mit Schnitzwerk und läppischer Künstelei und die unförmigen drei- und vierstöckigen Dächer machen sie mit dem Auge leicht erkennbar. Sie gehören zu keiner Ordnung der Baukunst.*«

Tja, so ändern sich die Wahrnehmungen. Vermutlich gibt es zu jeder Zeit Menschen, die im Vorhandenen die in ihm wohnende Schönheit nicht erkennen. Wer weiß, wie man unsere heute typischen Reihenhäuser in den modernen Schlafsiedlungen in 250 Jahren betrachten wird.

Jedenfalls war der Ruf der Altstadt nicht mehr der beste. Die zweimal jährlich in ihr stattfindende Messe zum Beispiel wanderte nach Leipzig ab, womit der Standort weiter an Bedeutung verlor.

Die Frankfurter Altstadt hatte insgesamt ein Imageproblem. Den wirtschaftlichen und politischen Schwerpunkt Frankfurts bildete seit den napoleonischen Kriegen (1792 bis 1815) die Neustadt. Nach der Wiederherstellung der Freien Stadt Frankfurt auf dem Wiener Kongress (September 1814 bis Juni 1815) konstituierte der Bundestag seinen Sitz im Palais Thurn und

Taxis in dem die erste Sitzung am 5. November 1816 stattfand.

Familien wie die Bethmanns und die Rothschilds fingen an, das Geld nach Frankfurt zu bringen. Die Prioritäten begannen sich zu verschieben. Die Messehallen in den Gebäuden der Altstadt wurden jetzt nicht mehr benötigt und in Lagerhallen oder Gebrauchtwarenläden verwandelt, die in der Altstadt ansässigen Handwerker zogen mit ihrer Kundschaft in die Neustadt. Gegen die Konkurrenz der 1877 bis 1878 gebauten Kleinmarkthalle hatten die traditionsreichen *Schirnen* rund um den Dom keine Chance. Sie verschwanden. Der einstige Krönungsweg *Markt* verdiente nun seinen Namen nicht mehr und wurde ungewollt zum Symbol für den beginnenden sozialen und baulichen Verfall der Altstadt. Auch die ab 1872 verkehrende Pferdebahn erreichte die Altstadt nicht. Als dann 1874 und 1878 die Untermainbrücke und die Obermainbrücke errichtet wurden, verloren auch die *Fahrgasse* und die *Alte Brücke* an Bedeutung, weil der Verkehr nun weitestgehend um die Altstadt herumfloß. Man war jetzt buchstäblich abgehängt.

Die Zustände in der Altstadt wurden nun immer schlimmer. Um 1870 strömten zahlreiche Arbeiter im Zuge der Industrialisierung nach Frankfurt. Sie fanden in den heruntergekommenen Gebäuden rund um den Dom schnell billigen Wohnraum. Die Frankfurter Altstadt galt nun als Wohngebiet des Proletariats und ärmerer Kleinbürger, in dem Armut, Prostitution und Kriminalität um sich griffen.

Bizarrerweise begann man fast zeitgleich, die malerischen Gebäude der Altstadt für den Tourismus zu entdecken. Durch die Freilegung des Fachwerks und dessen Bemalung, bei der man oft Bezug auf die stolze Frankfurter Vergangenheit nahm, entstanden zahlreiche Postkartenmotive. Leider beschränkte sich diese kosmetische Maßnahme nur auf die öffentlichen Gebäude.

Erst der Oberbürgermeister Franz Adickes (Amtszeit von 1890 bis 1912) schloss die Altstadt wieder an den Verkehr an. Er ließ die *Braubachstrasse* durch das Viertel schlagen. Geopfert wurden dafür allerdings über 100 teils bedeutende Altbauten, naja … man kann nicht alles haben. Wenigstens hatte man jetzt eine echte Anbindung an die Stadt, auf der auch die Pferdebahnen fahren konnte.

Der Erste Weltkrieg verhinderte schließlich weitere Baumaßnahmen. Man war zu beschäftigt damit, die Welt zu erobern. Im Anschluss daran konzentrierte sich die Stadtführung um Ludwig Landmann (Amtszeit 1924 bis 1933) darauf, neuen Wohnraum zu schaffen, denn der war damals wie heute knapp. Die Altstadt war dafür nicht geeignet. Allerdings zog sie immer noch Touristen an, denn sie hatte ihren Ruf als schönste Altstadt Deutschlands gefestigt.

Die Nazis wollten dann die maroden Gebäude abreißen und durch historisierte Neubauten ersetzen. Eine Bürgerinitiative verhinderte dies. Man einigte sich mit den neuen Machthabern auf ein Programm, das die Aufwertung der Altstadt zum Ziel hatte. Über 600 Gebäude wurden gründlich saniert, historisch unpassende Anbauten entfernt und Brunnen ausgebessert. Auch Einrichtungen wie die Arbeitslosenküche und Veranstaltungen wie Sommerfeste und Weihnachtsbescherungen für die Altstadtkinder oder der Künstlerweihnachtsmarkt weckten bei vielen Altstadtbewohnern wieder Stolz auf ihre Heimat.

Und was man über Jahre mühevoll aufgebaut hatte, wurde dann im 2. Weltkrieg gründlich zerstört. Von der Altstadt ist heute nichts mehr übrig. Das gesamt Viertel wurde ein Opfer der Bomben. Ein Verlust, der durch nichts zu ersetzen ist.

Auch nicht durch eine neue Altstadt.

Nettigkeit kennt keine Grenzen! Noch nicht einmal in Frankfurt

Eine Satire von Achim Winter

Oh zauberhaftes Frankfurt! Oh Traditionsort! Heimat! Quell der Geborgenheit! Aber auch: Stadt in der Mitte Europas! Hort der Weltläufigkeit! Und: Einzige deutsche Großstadt mit nennenswerter Skyline.

Viele fühlen sich wohl hier. Würde man denken. Nur: Wenn dem so wäre: Warum merkt man es dann manchmal nicht so recht? Kurz gesagt: Warum ist die Grundstimmung manchmal eher mürrisch? Am besten wohl charakterisiert durch Heinz Schenks berühmten Ausruf: »*So* kann ich net arbeite …«?

Besucher können sich mit Frankfurt oft nicht in dem Maße anfreunden, wie es zu wünschen wäre. In anderen Städten herrscht Fremden gegenüber zwar auch eine gewisse Gereiztheit, aber zumindest doch noch eine gönnerhaft wohlwollende. Hier nicht. Hier hat man für solche *Verz*, wie der Frankfurter mundartlich *Unnötiges* bezeichnet, weder die Kraft noch Lust. Hier begegnet man Neulingen *authentisch* - also ganz ohne Schnörkel. Und so entwickelt so mancher Besucher das vage Gefühl, dass es vielleicht doch besser gewesen wäre, er hätte sich in eine andere Stadt verirrt - oder seine Zeit in der *Shopping Mall* des Flughafens verbracht. *Ach wärst Du doch in Düsseldorf geblieben* … Aber Entwarnung! Dem ist nicht so! Irritationen beruhen nicht auf Abneigung, sondern auf Missverständnissen. Der Frankfurter ist einfach ein wenig anders. Zweisamkeit genießt er auf *seine* Weise - und er möchte eben erst einmal herausfinden, ob der *Neue*, also der, mit dem er sich

konfrontiert sieht, auch *frankfurterisch*, also *gut* genug ist, um sich die Mühe zu machen, ihm nahezutreten.
Warum ist das anderswo scheinbar anders? Nehmen Sie doch nur einmal London! Da sind die Leute so nett, dass man, wenn man dort ankommt, an einem der stressigsten Orte der Welt, *Heathrow Airport*, doch sofort das Gefühl hat: Hey, alles okay! Hier steht wahrscheinlich gerade die nächste *Royal Wedding* an, auf die sich alle freuen. Sogar Bedienungen sind so zuvorkommend, dass man als Frankfurter zwangsläufig vermuten muss: Die wollen mich doch garantiert über's Ohr hauen ...

Oder Berlin! Obwohl in der Hauptstadt gar nichts funktioniert, fast alle von der Stütze leben und sogar Bundestagsabgeordnete auf dem Crystal-Meth-Kinderstrich zuhause sind: Allet juut!. Bombenstimmung - und eben nicht diese seltsame Herzlichkeitszurückhaltung wie an unseren Ebbelwoi-Tresen.

Vermutlich beruhen diese auswärtigen Freundlichkeits- - ich möchte sie einmal mit dem schönen Frankfurter Wort Freundlichkeits*grafamen belegen* - lediglich auf - Faulheit. Dort will man sich wahrscheinlich gar nicht erst die Mühe ernsthafter Prüfung machen. Stattdessen ist man oberflächlich nett, und zwar zu *Hinz* und *Kunz*, zu *Kreti* und zu *Pleti*. Und warum? Weil sie einem im Grunde *egal* sind. Wenn einer hingegen in Frankfurt herzlich behandelt wird, dann weiß er: Ich bin wirklich toll. Sozusagen *frankfurterisch geprüft*. Und rein zahlenmäßig ist der Frankfurter zu ziemlich vielen nett.

Außerdem möchte der Frankfurter nicht angeben. Er weiß einfach zu gut, dass seine *Metropole* zu viele kleine Mängel hat. Es hat die ganzen großstädtischen Sachen wie eine

Drogenszene, einen Wohnungseinbruchsboom und ein Verkehrschaos, alles schön und gut, aber eben ohne die anderen Städten gleichzeitig anhaftende Grandiosität. Paris kann so verkommen sein, wie es will. Es ist *großartig*. Bei Frankfurt würde es heißen: Klar! Frankfurt! Krankfurt! Da will man als Einwohner erst einmal den Ball flachhalten. Man ist halt anders als der großmäulige Berliner, der sich auch auf Nichts toll was einbildet - und das auch lauthals kundtut.

Bei uns ist der Oberbürgermeister nicht Immobilienmogul, sondern Altenheimdirektor. Baugroßprojekte funktionieren - wegen geradezu provinzieller Überschaubarkeit der Umstände und wahrscheinlich mangelnder kosmopolitischer Korruption. Gangster killen zwar auch, aber bestenfalls sich gegenseitig. Die Zuhälter im Bahnhofsviertel passen besser auf als die Polizei, dass die auswärtigen Kunden ungefährdet verkehren können. Also alles gut. Und wenn das so ist: Dann muss man sich Fremdem gegenüber auch nicht laufend anbiedern, oder?

Und vielleicht ist der Frankfurter ja auch ein bisschen traurig. Leicht depressiv. Weil von der stolzen Million Einwohner, die tagsüber in ihm residiert, nachts nur 600.000 übrigbleiben. Der Rest ist daheim im Taunus. Und unser Nationalgetränk, der Eppler, wird allzu oft verspottet. In Bamberg feiert man jedes dahergelaufene trübe Gesöff als *Craftbeer* - und nach unserem *Speyerling* kräht einfach kein Hahn. Das kann belasten.

Ähnlich ist es doch mit unserer Kulinarik. Wie die Frankfurter selbst will diese *kennengelernt* werden. Wie köstlich das Leiterchen oder das Rippchen, wie frisch das Kraut, die Leber und Blut. Aber wir alle kennen doch die

Gesichter auswärtiger, vor allem weiblicher Gäste, wenn wir sie zum Haspelsche überredet haben. Da kommt keine Freude auf - auch nicht beim Frankfurter. Da fühlt man sich gerne schon mal missverstanden und handelt aus vielfältiger negativer Erfahrung mit den Fremden heraus - eben zurückhaltend.

Da ist auch die Bedienung nicht grundlos unhöflich, sondern schlicht resigniert. Wie oft hat sie halb aufgegessene Touristenteller wegräumen müssen und war Zeuge der verzogenen Mienen, wenn des beste *Stöffche* auf den Tisch kam. Nein, da muss der Frankfurter nicht laufend freundlich sein, da gibt's auch eine Bringschuld des kritischen Besuchers. Und dazu gehört eben auch, die Gefühle der Frankfurter nicht unnötig zu verletzen, wenn statt eines Hochgespritzten beim Eppler kein *Pils* (möglichst noch aus der Flasche!) oder *Chardonnay* bestellt wird. Da wären auch Sie, wenn Sie Frankfurter wären, nicht begeistert.

Und außerdem, sagen wir es ganz offen: Frankfurt ist zu reich für richtig freundlich. Der Frankfurter deckt einfach ein zu breites pekuniäres Spektrum ab. Da gedeiht kein solidarisches *Wir-sind-alle-Frankfurter*- Gefühl.

Wegen der vielen Banken ist viel Geld unterwegs. Zu viel. Was helfen schmucke Glaspaläste dem Normalo, wenn er selbst weder über den Status als *Banker*, noch über die damit einhergehende Liquidität verfügt? Und so beäugt der eine Teil Frankfurts, der, dem schon die öffentlichen Verkehrsmittel zu teuer scheinen, dem anderen, der, aufgrund der gelungenen Bankenrettung, gerne mal mit dem Maserati zum *Lunch* vorfährt, mit Misstrauen. Die resultierende Grundstimmung kann man sich ausmalen. Und da Besucher eher dazu neigen, sich auf Reisen auch ordentlich zu kleiden, also herumzulaufen wie besagter Maseratifahrer im Freizeitdress, trifft dann die Auswärtigen die Missgunst, die wir hier besprechen, volle Breitseite.

Man muss dem Frankfurter da also eine gewisse Depressivität zugestehen. Ist das ein Ablehnungsgrund? Soll man jeden, der normale Probleme hat, immer gleich verstoßen? Na hoffentlich nicht. Der arme Frankfurter! Heitern Sie ihn lieber auf! Vielleicht mit ihrer norddeutschen lockeren Art, mit ihrer knitterfreien bayrischen Seele? Der Frankfurter wird es Ihnen danken. Vielleicht sogar mit ein, zwei Mispelschen ...

Natürlich könnte man auch in die *Bars* und *Clubs* gehen, in denen die Erfolgreichen unter sich sind. Da ist die Atmosphäre natürlich schöner. Erfolg macht glücklich. Wenn Sie es selbst sind, wird es Ihnen dort gefallen. Wenn nicht, ergreift Sie vielleicht gerade dort der Weltschmerz. Denn: Es wird hier zwar sehr schön laut »Hallöle« gegrölt in die frisch gegelte Runde, aber man hört in diesem kleinen Wort eben auch ganz deutlich den Porsche Panamera mit, den im Halteverbot vor der Tür geparkten. Und auch Frauen, die etwas schwerer - oder nicht blondiert - sind, werden sich nicht ganz zuhause fühlen können, zwischen all den schlanken, pferdebeschwanzten Schein-Russinnen. Und sich: Dann doch zurücksehnen zu den *mürrischen* Frankfurtern beim Eppler? Da braucht man nämlich weder Panamera noch Bulimie.

Der Frankfurter, der Fremde nicht gleich abschnullert. Ein Phänomen mit auch historischen Ursachen. War er doch immer schon Bewohner einer Durchzugs-, einer Freien Reichs-, einer Kaiserkrönungsstadt, eines Messeplatzes, also einer Stadt, in der es ratsam war, nicht jedem, der da

plötzlich auftauchte, gleich um den Hals zu fallen. Einfach zu viele Unbekannte waren da ständig um ihn herum. Das hat sich dann in die Gene eingeschlichen.
Und wie war es denn in der Nachkriegszeit? Als gerade Frankfurt tatsächlich das Eldorado von Glücksrittern, Geschäftemachern und Kriminellen aus aller Herren Länder war? Der Spitzname *Mainhatten* entstand ja nicht umsonst als Anspielung auf das New Yorker Chaos. Und auch New Yorker sind ja nicht gerade für ihre Warmherzigkeit bekannt.

Natürlich spielt auch ein gewisses *hessisches* Naturell eine Rolle. Im Umland ist die Bevölkerung zum Teil ja noch viel mürrischer. Gebärdet sich, vielleicht sogar mit ein wenig Stolz, als eine Art Antimodell zum Rheinländer, als eine Art Absage ans Hallodritum der Köln-Düsseldorfer...

Eine weitere Ursache hat die Frankfurter - nennen wir es jetzt mal die *Scheu* - wahrscheinlich in der Leibeigenschaft deutscher Prägung. Der *Untertan* verreiste eben nicht - und konnte deshalb auch die Fertigkeiten nicht so gut entwickeln und an die Kinder weitergeben, die andernorts den Fremden gleich mit einbezieht. Wer *hier* früher unbekannt war, gehörte systematisch nicht dazu, war verdächtig. Da hieß es *Obacht* zu geben! Eine Haltung, die sich bis eben heute erhalten hat.

Und dann: Der unselige Protestantismus! Hat in Sachen Offenherzigkeit auch nicht gerade viel geholfen. Mit seinen an sich ja ehrenhaften Markenzeichen Bescheidenheit, Ernsthaftigkeit, Echtheit. Diese ganzen, quasi *anti-italienischen*, Eigenschaften. Mit seiner frommen Ablehnung der *bella figura* - des schönen Scheins, der ganzen - sagen wir es ruhig nochmal auf hessisch - *Verz*, des Getues, das aber gerade den Umgang so erleichtert!

In Deutschland - besonders in Frankfurt? - gilt im Gegenteil: Net lang rumgemacht, net lang gebabbelt! Heißt: Wenn mir nicht danach zumute ist, dann lass ich es einfach. Auch - oder gerade - wenn Besuch kommt, den ich nicht kenne. Und: Lieber rede ich über *nix* als nur *dumm' Zoisch* (dummes Zeug). Wenn, dann nur tiefsinnig! *Konversation* wie bei den *Welschen*? Niemals! Kein Rezept, sich bei Besuchern beliebt zu machen. Engländer zum Beispiel winden sich dann in existentieller Qual. Der Deutsche - der Frankfurter besonders? - findet das aber in Ordnung. Bemüht sich einer trotzdem, die Unterhaltung im Fluss zu halten, hält man ihn nämlich ganz schnell für den der, wie Helmut Kohl zu einem seiner Minister immer sagte: »den Aff macht«. In Hessen ein niederschmetterndes Urteil. Ein *Schwätzer* will hier keiner sein. Selbst dann nicht, wenn es darum geht, Neulingen den Abend ein wenig zu erleichtern ... in dieser Sache bleibt man da ganz bei sich.

Mit all dem im Hinterkopf versteht man besser, warum der Frankfurter so wahnsinnig gerne schweigend vor seinem Ebbler sitzt und mit einem gelegentlichen, kurzen, aber wohlwollenden Kopfnicken vermitteln will: *Ich mag zwar langweilig wirken, bin aber ein echter Kerl. Auf den Du Dich, auch ohne große Worte, stets verlassen kannst. Wenn auch Du ein echter Kerl bist.* Sehr schön das, aber vielleicht auch anstrengend für Touristen, sagen wir einmal aus Texas oder Indonesien!

Aber wir haben ja noch die, wie sagte man einst so schön treffend, die *Gastarbeiter*. Die haben Frankfurt aus dem Gröbsten rausgeholfen, die Italiener oder Griechen, die sich abrackern, um ein bisschen Froh- und Leichtsinn herzuholen. Und es hat gewirkt. Mancher Frankfurter lässt sich heutzutage zu einem leichtsinnigen *Ciao Bello*, einer Begrüßungsumarmung oder einem Wangenküsschen hinreißen - ohne freilich die nötige Ernsthaftigkeit gänzlich aufzugeben. Gott bewahre! So ein richtiger Hallodri wie die Südländer möchte man dann doch nicht werden. Und mal ehrlich. Das ginge doch bestimmt auch Ihnen viel zu weit. Eine Stadt voller italienischer *francfurtani*? Das wäre ja lächerlich.

Und wie die vielen konversationsbegabten Amerikaner und Engländer, die hier zweifellos herumlaufen, möchte man doch auch nicht sei: Zu *oberflächlich* heißt hier das gängige Urteil. Schon dieses ewige Lächeln ...

Muslime passen da schon besser. Üben die sich doch oft selbst meisterlich in geradezu hessisch anmutender Zurückhaltung. Auch hier ist man doch eher schweigsam und hält sich gern zurück. Besonders ältere Muslime sind deshalb eigentlich ganz gute Frankfurter ...

Natürlich erinnert sich das kollektive Gedächtnis auch an unterhaltsame Frankfurter. Heinz Schenk, Regnauld Nonsens, die - frühe! - Titanic-Redaktion. Alles Ausnahmeerscheinungen. Denn: Auch wenn dieses Naturell tatsächlich einmal existiert hat, wurde es dahingerafft von einem tragischen Naturereignis, einem finalen Schicksalsschlag: Den 68igern.

Wo früher eine frisch ondulierte Bürgersfrau Marke Lia Wöhr durch die Altstadt flanierte, gibt sich diese Alterskohorte heute kurzhaarig, hennaverwuschelt, mit knallrotem Brillengestell und selbstgefilzten Poncho. Jeder kennt den Typus aus dem *Club Voltaire*. Oder der Ortsbeiratssitzung.

Leider waren es die 68iger, die dem Frankfurter Frohsinn weitgehend den Garaus machte. Bilder ekstatischer Drogentänze in der Sanyassindisco können darüber nicht hinwegtäuschen. Die Milde und Nachsicht, die in Begegnungen mit Fremden so wichtig sind, wurden durch eine spezielle aggressiven *Aufbruchsaufmüpfigkeit*, die bis heute bei den Jahrgängen zwischen 1950 und 1980 gerne gepflegt wird, nachhaltig erstickt. Sie kennen Tante Renate aus der Kommune 1? Freundliches Geplänkel wurde in der Spontivilla nicht geschätzt und der *ernsthaften Diskussion* und dem *kritischen* Blick geopfert. Die ganze Begrüßungskörpersprache ist seitdem verkürzt auf ein »Was bist denn *Du* für einer?« Jeder, der das erlebt hat, erinnert sich bestimmt an die Versagensängste, die mit dieser Art Sozialleben einhergingen. Und wenn man schon auf der Suche nach den Ursachen der Schwierigkeiten der Frankfurter ist, dann kommt man daran leider nicht vorbei.

Die liebenswürdige Fernsehfamilie Hesselbach, die in den 50iger Jahren skurril, aber stets freundlich und zuvorkommend ihre Geschicke zu meistern versuchte, wurde in den 70igern abgelöst durch den kritischen Frankfurter, gern Student oder Dozent, geschult an der gleichnamigen Theorie. Alles musste verändert werden. Und wo gehobelt wird ...

Probleme entstehen dann auch deshalb, weil den ahnungslosen Zugereisten - also denen, die keine Ahnung haben in Sachen Frankfurt und 68 - die pflichtgemäße Verachtung bürgerlicher Konventionen nicht geläufig ist. Und sie deshalb oft naiv herumlaufen - in Kleidung wie Habitus - wie einheimische FDP-Wähler! Das ist im Nordend und in Bornheim schlicht der Gau! Und so kann man natürlich die Herzen der mehrheitlich rot-grünen

Innenstadtfrankfurter nicht gewinnen. Warum sollte man mit *Solchen* den Bembel teilen? Der Ami sieht ja aus wie Christian Lindner! Wieder keine gute Voraussetzung für einen netten Abend unter neuen Freunden.

Aber: Man sollte gnädig sein. Denn: Bei allem Befremden: Liegen sie nicht irgendwie vollkommen richtig, unsere Frankfurter! Sozusagen im globalen Trend! Gibt die Geschichte ihnen nicht recht? Nehmen sie nicht nur vorweg, was sich im Umgang miteinander weltweit abzeichnet: Das *Schluss-mit-lustig*, wenn es um wichtige Dinge geht? Sind nicht sogar italienische, amerikanische oder südamerikanische *Social Justice Warriors*, *Antifas* oder *NGO-Aktivisten*, also die Leute, die sich anschicken, unsere Zukunft zu gestalten, in Stil und Auftritt mittlerweile alle - Frankfurter? Unverschnörkelt fordern, geradeaus. Wie aufgezogen mit Sauerkraut und Blutwurst? Eppelwoi und Calvados?

Daran müssen Sie denken, wenn Sie wieder einmal irgendwo über mangelnde Herzlichkeit irritiert sind. Und dankbar sein. Ja dankbar! Dass es Frankfurt war, des goldische, in dem man Ihnen früh Gelegenheit gegeben hat, einen Blick in die Zukunft zu werfen! Und sich zu gewöhnen …

Andererseits fällt auf, dass es gerade junge Frankfurter sind, die ausgerechnet jetzt zu schwächeln anfangen. Zurückfallen in Verhaltensweisen, die man vor ein paar Jahren *kosmopolitische*, universelle Menschenfreundlichkeit genannt haben könnte. Weil sie selbst in der Welt herumgekommen sind? Am eigenen Leib erfahren haben, wie schön es ist, ohne Vorbehalte irgendwo empfangen zu werden? Wenn keiner erst mal Gesinnung abfragt, bevor er lächelt? Wo wollen die denn hin, diese Frankfurter? Zurück zu bedingungsloser Freundlichkeit, zu gegenseitigen förmlichen Einladungen? Zu Kaffee und Kuchen als Kennlernritual?

Nicht auszudenken! Diesen Tendenzen muss man entgegentreten. Die jungen Fehlgeleiteten an die Hand nehmen, geduldig zurückführen - zurück nach 68, zurück auf den *Leuchtenden Pfad* der Strenge! Auf dass auch sie eine Chance haben, selbst wieder, wie ihre Eltern, *echte Frankfurter* zu werden. Herzlich, aber hart!

Über den Autor – Achim Winter

Winter studierte Anglistik, Geschichte und Publizistik. Danach volontierte er beim ZDF – zunächst in der Show-Redaktion. Als Reporter produzierte er Reportagen aus England und Irland. Von 1997 bis 2006 war Winter Moderator beim ZDF-Boulevardmagazin »Leute heute«. Ebenfalls seit 1997 ist er Außenreporter bei »hallo deutschland« im ZDF. Mit seinem kabarettistischen Wochenrückblick »Winters Woche« ist Achim Winter dort jeden Freitag im Vorabendprogramm zu sehen. Im ZDF-Mittagsmagazin präsentiert er die Kolumne »AHA«.

Winter ist daneben häufiger Teilnehmer der Ratesendung »Dings vom Dach«, die seit 2005 vom Hessischen Rundfunk produziert und sonntagabends im hr-fernsehen ausgestrahlt wird. Von März bis Mai 2006 moderierte er zusammen mit Bettina Böttinger die WDR-Fernsehsendung »Kölner Treff«. 2007 nahm er als Gast am »perfekten Promi-Dinner« teil. Darüber hinaus hatte Winter verschiedene Gastauftritte, unter anderem in der ARD-Sendung »Verstehen Sie Spaß?«.

Mehr erfahren Sie unter achimwinter.com

Hessisches Wörterbuch

Hessisch ist die Sprache der Götter. Denn diese Sprache entstand, als Gott die Dialekte erschuf. Als er alle Dialekte verteilt hatte, meldete sich ein kleiner, trauriger Hesse und sagte: »Gott, du hast mich vergessen.« Gott war beschämt wegen seines Fehlers. Er schaute in seine Dialektkiste und stellte fest, dass keiner mehr darin war. Dann überlegte er kurz und sagte schließlich zu dem Hessen: »Isch hab zwar kaan Dialekt mehr üwwerisch, aber weiste was, dann babbelste halt wie isch.«

Und wenn Sie nicht aus Hessen oder Frankfurt kommen, wofür wir Ihnen unser tiefstes Beileid aussprechen, dann haben wir hier für Sie ein kleines Wörterbuch verfasst, mit den wichtigsten hessischen Wörtern, deren Bedeutung, der richtigen Aussprache und Anwendung. Wir legen an dieser Stelle aus Platzgründen keinen Wert auf Vollständigkeit. Wir möchten Ihnen hier nur einen gewissen Grundstock an Wörtern und Begriffen mitgeben, um Sie für den täglichen Umgang mit hessischen Ureinwohnern zu rüsten.

A

Aansischte/r, der [Aussprache: Aan - sischs - ter]
(Hochdeutsch: Einzige/r)
Bedeutung: Hinweis auf eine Alleinstellung. Grundsätzlich falsch ausgesprochen beim Wunsch, die Einzigartigkeit zu erhöhen, deshalb wird meist fälschlicherweise der Superlativ benutzt.

Alls, - ohne Artikel - [Aussprache: Alß]
(Hochdeutsch: Immer)
Bedeutung: Sehr oft angewandt in der hessischen Sprache. Ersetzt das Wort immer oder stetig. Beispiel: »Alls die Schmerze, Herr Doktor« oder »Alls uff die selb' Stell'«

Äppler, der [Aussprache: Äbb - lär]
(Hochdeutsch: Apfelwein)
Bedeutung: Hessisches Nationalgetränk in der letzten Entwicklungsstufe aus gepressten und vergorenen Äpfeln. Verlängerbar mit Wasser als Sauergespritzer ➡

B

Bambelschnud, die [Aussprache: Bam - bell - schnuud]
(Hochdeutsch: auffälliger Mund)
Bedeutung: Mensch mit großen Lippen. Auch: Gesichtsausdruck von beleidigten Menschen. Auch = Großmaul.

Bembel, der [Aussprache: Bem - bell]
(Hochdeutsch: Krug)
Bedeutung: Wichtigster Bestandteil der hessischen Trinkkultur. Graues Tongefäß mit blauen Ornamenten verziert zum Transport von Äppler ➡

Bobbelsche, das [Aussprache: Bob - bell - schär]
(Hochdeutsch: Kleinkind)
Bedeutung: Kleines Kind. Neugeborenes.

D

Dabbes, der [Aussprache: Dabb - eß]
(Hochdeutsch: Tollpatsch)
Bedeutung: Schimpfwort. Unvorsichtiger Mensch, dem allerlei Missgeschicke widerfahren. Begrifflichkeit auch: Dabbisch sein.

Dollbohrer, der [Aussprache: Doll - bo - rer]
(Hochdeutsch: Mensch, der unüberlegt handelt)
Bedeutung: Schimpfwort. Bezeichnung für einen Menschen, der Dinge tut, die man bei mehr oder weniger intensiver Überlegung und ausreichend gesundem Menschenverstand besser lässt.

Dribdebach, das [Aussprache: Drib - de - bach]
(Hochdeutsch: Sachsenhausen)
Bedeutung: Ortschaft auf der gegenüberliegenden Flussseite.

E

Eintracht, die [Aussprache: Ein - dracht]
(Hochdeutsch: SG Eintracht Frankfurt 1899 e.V.)
Bedeutung: Beliebtester Fußballverein Hessens. Emotionaler Bindepunkt des hessischen Fußballfans. Deutscher Pokalsieger 2018.

Ebbes, das [Aussprache: Eb - bes]
(Hochdeutsch: Etwas)
Bedeutung: Angabe über einer geringen Menge. Auch benutzt für »irgendwas«. Ebbes Gutes tun = Sich was gönnen.

Ei Gude (wie), - ohne Artikel - [Aussprache: Ai Guu - de wie?]
(Hochdeutsch: Guten Tag)
Bedeutung: Hessischer Gruß. Kann mit oder ohne angehängtes »wie« benutzt werden oder einfach auch nur »Gude«.

H

Handkäs, der [Ausprache: Hand - käß]
(Hochdeutsch: Sauermilchkäse)
Bedeutung: Nationalspeise der Hessen. Vergorene Milch, ursprünglich mit der Hand zu kleinen Bracketts geformt. Gelbliche Farbe. In der Regel mit Musik ➡ serviert. Stinkt von allen Seiten. Wird ausschließlich mit dem Messer filetiert.

Hannebambel, der [Aussprache: Hann - e - bamm - bell]
(Hochdeutsch: Alberner Mensch)
Bedeutung: Schimpfwort. Mensch, der alberne Sachen macht. Auch benutzt für übertrieben vornehme Menschen.

Hä? - ohne Artikel - [Aussprache: HÄ?]
(Hochdeutsch: Entschuldigen Sie bitte, ich habe Sie nicht richtig verstanden, könnten Sie das bitte noch einmal wiederholen?)
Bedeutung: Universalantwort bei Verständigungs-schwierigkeiten.

K

Klappergass, die [Aussprache: Klapp - er - gass]
(Hochdeutsch: - nicht bekannt -)
Bedeutung: Bekannte Gasse in Frankfurts Amüsierviertel Alt Sachsenhausen. Heimat der Frankfurter Kunstfigur Frau Rauscher ➡ . Standort des Denkmals für eben diese. Die Büste der Frau Rauscher spuckt in regelmäßigen Abständen Wasser auf Passanten.

Kolder, die [Aussprache: Koll - där]
(Hochdeutsch: Wolldecke)
Bedeutung: (Meist) alte abgegriffene Wolldecke. Zum Wärmeerhalt verfrorener Menschen gedacht. Oft auch als Notfallausrüstung in Fahrzeugkofferräumen zu finden. Auch als Löschmittel geeignet.

Krotze, der [Aussprache: Krot - se]
(Hochdeutsch: Reststück)
Bedeutung: Letzter Rest eines ganzen Stückes (z.B. Abbelkrotze = Apfelkern) Auch: abgekrotzt, verkrotzt = Kaputt, alt, zerstört.

M

Musik, die [Aussprache: Muss - ick]
(Hochdeutsch: Musik)
Bedeutung: Vinaigrette zum Handkäs ➡
Essig und Öl-Gemisch mit Salz, Pfeffer und reichlich Zwiebeln.

Maabootsche, die [Aussprache: Maa - boot - schär]
(Hochdeutsch: Große Schuhe)
Bedeutung: Schuhe eines Menschen mit großen Füßen. Abgeleitet von den langen Booten, die den Main mit Schüttgut befahren.

Mords, - ohne Artikel - [Aussprache: Mor - tz]
(Hochdeutsch: Viel, groß, mächtig)
Bedeutung: Große Anzahl von Dingen, auch im Sinne von »beeindruckend«.

O

Offebach, das [Aussprache: Offe - bach]
(Hochdeutsch: Offenbach am Main)
Bedeutung: Keine

P

Pedder, der [Aussprache: Päd - der]
(Hochdeutsch: Patenonkel)
Bedeutung: Bruder der Mutter oder des Vaters, der die Patenschaft für ein Kind übernommen hat.

Peifedeggel, -ohne Artikel- [Aussprache: Pei - fe -deck -el]
(Hochdeutsch: Denkste)
Bedeutung: Ausruf, wenn etwas anders gekommen ist, als man sich das gedacht hat. Auch: Ablehnung eines Wunsches.

Petze, das [Aussprache: Pe - tse]
(Hochdeutsch: Zwicken, Kneifen)
Bedeutung: Jemanden kneifen. Auch: En Schobbe petze = Einen Trinken gehen. Auch: Jemanden verpetzen = Jemanden verraten.

R

Rauscher, der [Aussprache: Rau - scher]
(Hochdeutsch: - nicht bekannt -)
Bedeutung: Zweite Stufe des Zustands des Apfelweinkelterprozesses. Letzte Vorstufe des Äpplers ➡. Entwicklungsstufe des Süßen ➡. Leicht prickelnder Geschmack und geringer Alkoholanteil, deshalb nur leichte Rauschwirkung.

Rauscher, Frau [Aussprache: Frau Rau - scher]
(Hochdeutsch: - nicht bekannt -)
Bedeutung: Legendäre Frankfurter Kunst-/Kultfigur mit eigenem Denkmal und Lied. Typische Frankfurter Frau mit Schürze und Kopftuch. Trägt Beule am Kopf und steht als wasserspuckende Brunnenstatue in der Klappergass'. ➡

Robbe, das [Aussprache: Rob - be]
(Hochdeutsch: reißen, ziehen)
Bedeutung: Etwas (ab)ziehen.
Auch: En Abgerobbte = Ungepflegter Mensch.

S

Sauergespritzter, der [Aussprache: Sauer - ge - spritztär/ Kurzform: Gspritzt - är]
(Hochdeutsch: Apfelweinschorle)
Bedeutung: Mit Sprudelwasser verlängerter Äppler ➡
Variante: Tiefgespritzter = höherer Wasseranteil.

Schawellsche, das [Aussprache: Scha - well - sche]
(Hochdeutsch: Kleiner Stuhl/Hocker)
Bedeutung: In praktisch jedem hessischen Haushalt vorhanden. Möbelstück zur Verlängerung der eigenen Person. Auch als Sitzmöbel benutzt/benutzbar. Früher meist aus Holz, mit praktischem Trageloch. Heute meist aus Kunststoff.

Süßer, der [Aussprache: Sü - ser]
(Hochdeutsch: Apfelsaft)
Bedeutung: Alkoholfreies Ergebnis der ersten Pressung bei der Apfelweinkelter (Äppler ➡). Sehr süßer, absolut unbehandelter und purer Apfelsaft. Sofort nach der Pressung trinkbar. Nur kurze Zeit in diesem Stadium, bevor er zum Rauscher ➡ wird.

U

Uffmugge, das [Aussprache: Uff - mug - ge]
(Hochdeutsch: Widerworte geben)
Bedeutung: Jemandem widersprechen. Gegen etwas demonstrieren. Auch: »Mugg nett uff« = »Sei still«.

Uffschnitt, der [Aussprache: Uff - schnitt]
(Hochdeutsch: Aufschnitt)
Bedeutung: Eine Auswahl an Wurstsorten beim Metzger.

Urrumbel, der [Ausprache: Uhr - rum - bl]
(Hochdeutsch: ungehobelter Mensch)
Bedeutung: Schimpfwort. Mensch, der keinen Wert auf Höflichkeit legt.

W

Weschemir, - ohne Artikel- [Aussprache: We -sche -mir]
(Hochdeutsch: Meinetwegen)
Bedeutung: Ausruf, wenn jemandem etwas egal ist. Art der Zustimmung.

Wersching, der [Aussprache: Wär - sching]
(Hochdeutsch: Wirsing)
Bedeutung: Bezeichnung einer Gemüseart.
Auch: Bezeichnung des Kopfes.

Wasserhäusje, das [Aussprache: Wass - er - häus - je]
(Hochdeutsch: Kiosk)
Bedeutung: Bezeichnung von traditionellen Kiosken/ Trinkhallen in Frankfurt.

Z

Zinnober, der [Aussprache: Zi - nober]
(Hochdeutsch: Unnötiger Lärm/Ärger)
Bedeutung: Übertriebener Protest oder Lärm.

Zorngickel, der [Aussprache: Zorn - gig -gell]
(Hochdeutsch: Zorniger Mensch)
Bedeutung: Jemand, der sich über die Maßen aufregt.

Zwoggel, der [Aussprache: Zwog - gell]
(Hochdeutsch: Zwerg)
Bedeutung: Abfällig zu kleinem Menschen, schmächtiger Person.

Tante Guste und das Irrenschloss

Eine Kurzgeschichte von Nikola Hahn

»Hallo Mama!« Johanna warf ihre Strickjacke und den Rucksack in die Ecke, ließ sich auf einen Stuhl plumpsen und zückte ihr Handy.

Ulrike Berg verteilte Bratkartoffeln, Sauce und Frikadellen auf zwei Teller. »Du weißt schon, dass wir eine Garderobe haben, oder?«

»Ja. Ich glaube, im Flur«, entgegnete Johanna verschmitzt. »Sag mal, hat das bei dir damals auch so lange gedauert, bis du was Praxisbezogenes zu deinem Beruf gehört hast?«

Ulrike streute frische Petersilie über die Kartoffeln und deckte den Tisch. »Allerdings. Ich war mehr als einmal drauf und dran, das Studium abzubrechen. Zum Glück habe ich‘s nicht gemacht.«

Sie setzte sich.

»Wenn ich allerdings an den Stapel Mathe-Arbeiten denke, die ich noch korrigieren muss …«

»Du kannst doch gar nicht ohne Schule leben!«

Ulrike lächelte. Ja, sie unterrichtete gern. Und sie war stolz auf ihre Tochter, die schon als Kind gewusst hatte, was sie wollte: Menschen heilen, Ärztin werden. Als Johanna einen Studienplatz im nahen Frankfurt bekam, konnte Ulrike ihr Glück kaum fassen, auch wenn ihre Tochter ein WG-Zimmer in der Stadt dem Häuschen im Hintertaunus vorzog, in dem sie geboren und aufgewachsen war. »Ich hab‘s ja nicht weit, und einmal in der Woche komme ich auf ein paar Bratkartoffeln vorbei!« Aus dem flapsigen Spruch war längst ein wöchentliches Ritual geworden, das Mutter und Tochter gleichermaßen genossen.

»Ein bisschen Theorie gehört eben dazu«, griff Ulrike

den Gesprächsfaden wieder auf. »Bei Lehrern wie bei Ärzten.«

Johanna legte das Handy weg und probierte die Kartoffeln. »Hast ja recht. Und heute war die Theorie sogar recht unterhaltsam. Der Prof hat uns in die Geschichte der Neurologie entführt. Wusstest du, dass es in Frankfurt früher ein Irrenschloss gab?«

Um ein Haar hätte sich Ulrike an der Frikadelle verschluckt. Die modrige Feuchtigkeit drang ihr in die Nase, als stiege sie direkt vom Teller auf. *Wenn du nicht sofort tust, was ich sage, wirst du wie Tante Guste enden! Von der Gosse stante pede ins Irrenschloss, du wirst schon sehen! Los! Runter mit dir!* Sie wusste, dass sie nicht entkommen konnte. Und dass sie nicht nur in den Keller musste, weil sie unartig gewesen war. Sie musste in die Finsternis hinab, weil sie der Bankert eines nichtsnutzigen Flittchens war, das keine Ahnung hatte, wer von ihren zahlreichen Liebhabern als Erzeuger in die nähere Auswahl kam. Als Ulrike später das Haus gehörte, ließ sie als Erstes einen Lichtschacht setzen. Johanna holte sie in die Gegenwart zurück.

»Mama! Was ist denn?«

»Entschuldige. Ich musste an eine Geschichte denken, die Großmutter erzählt hat. Von Tante Guste, die ihren Verstand verlor.«

Johanna sah sie verblüfft an. »Hieß diese Tante mit vollem Namen vielleicht Auguste Deter?«

Ulrike bekam Gänsehaut. »Warum?«

»Auguste Deter wurde 1901 ins Irrenschloss gebracht, weil sie immer vergesslicher wurde. Und weißt du, wer ihr behandelnder Arzt war?« Es war nur eine Räuberpistole, die nichts mehr mit ihrem Leben zu tun hatte! »Das Essen wird kalt.« Johanna wollte etwas entgegnen, aber Ulrike fiel ihr ins Wort. »Es interessiert mich nicht!«

Schweigend aßen sie. Ulrike Berg hatte sich immer gut

mit ihrer Tochter verstanden; selbst in den schwierigen Jahren der Pubertät gab es keine Frage, auf die sie ihr eine Antwort schuldig geblieben war. Allerdings hatte sie geschickt dafür gesorgt, dass Johanna gewisse Fragen gar nicht erst stellte. Dass ihr Vater vor ihrer Geburt 1997 auf einem Segeltörn ertrunken war, wusste Johanna, auch, dass das kleine Haus mit dem großen Garten, in dem sie mit ihrer Mutter lebte, ihrer im gleichen Jahr verstorbenen Urgroßmutter gehört hatte. Dass in jenem Schicksalsjahr auch Johannas Großmutter gestorben sei, war indes eine Lüge, die den Malgrund für die Facetten in Ulrikes Leben bildete, die sie mehrmals überpinselte, damit sie den richtigen Schimmer bekamen. Weil sie selbst schmerzvoll hatte erfahren müssen, dass es auf den Kontext ankam, ob eine Geschichte Ängste schürte oder Ängste nahm, erzählte sie Johanna von ihrer tapferen Uroma, die als Einzige der Familie die schlimmen Bombennächte in der Frankfurter Altstadt überlebte, und von ihrer mutigen und selbstbewussten Oma, die als Studentin auf Frankfurts Straßen für Frieden und Freiheit gestritten hatte. Fröhliche Farben überdeckten die hässlichen Flecken und das Führerfoto, die Fahndungsplakate verblassten zu einer vagen Erinnerung, die nicht mehr wichtig war für das Leben im Hier und Jetzt. Die Oma als heiteres Blumenkind, von der Kommune in den Ashram, zu früh gegangen, die Asche mit Gesängen über dem Ganges verweht. *Rest in Peace.* Der ungeöffnete Brief, die störenden Bilder: auf die Reise ins Vergessen geschickt.

»Warum magst du nicht über das Irrenschloss sprechen?«, fragte Johanna.

»Weil das ein Hirngespinst deiner Urgroßmutter war!«

»War es nicht«, widersprach Johanna. »Mein Prof sagt, dass es mehrere Jahre dauerte, bis alles geplant und gebaut war. Und weißt du, wer der Auftraggeber war? Dr. Heinrich

Hoffmann, der Autor vom *Struwwelpeter!*«

Unzählige Therapiestunden hatte es Ulrike gekostet, bis sie auch Tante Guste in ihr neues Lebensbild malen konnte: eine freundliche alte Dame, die friedlich zu Hause in ihrem Bett gestorben war. Weil es dieses vermaledeite Irrenschloss nämlich gar nicht gab! Und jetzt machte der dumme Professor Kratzer in ihr schönes Bild.

»Die neue Anstalt für Irre und Epileptische, so der offizielle Name«, fuhr Johanna fort, »wurde von 1859 bis 1864 weit draußen vor der Stadt gebaut, da, wo später das I.G.-Farben-Haus entstand und heute das Unigelände liegt.« Sie tippte in ihr Handy. »Weil das weitläufige Gebäude mit seinem parkähnlichen Garten ganz und gar nicht wie eine Anstalt für Geisteskranke aussah, tauften es die Frankfurter kurzerhand *Irrenschloss*. Hier, schau: eine Aufnahme kurz nach der Fertigstellung. Bis ins Jahr 1888 hat Dr. Hoffmann das Haus geleitet.«

Ulrike betrachtete erleichtert die mondäne Anlage, die nicht das Geringste mit ihren schlaflosen Nächten zu tun hatte.

»Man mag es kaum glauben«, sagte Johanna. »1928 wurde der gesamte Komplex abgerissen. Zu klein, zu unmodern.«

»Fünf Jahre, bevor deine Urgroßmutter zur Welt kam«, stellte Ulrike fest. »Sie kannte das Irrenschloss also nur von Fotos oder vom Hörensagen. Und was war mit dieser Auguste Deter?«

»Geboren wurde sie 1850 in Kassel«, sagte Johanna. »Mit dreiundzwanzig Jahren heiratete sie den Eisenbahnkanzlisten Karl Deter und zog zu ihm nach Frankfurt. Eher ungewöhnlich für damalige Verhältnisse, hatten die Deters nur ein Kind, Tochter Thekla. Achtundzwanzig Jahre lang lebten sie als glückliche Eheleute, dann fing Auguste grundlos an, ihren Mann zu beschuldigen, er habe ein Verhältnis mit der Nachbarin. Sie stellte der Frau nach, beleidigte sie, vergaß es wieder, wurde abwechselnd aggressiv und weinerlich, versteckte Dinge überall im Haus und fand sie nicht mehr, konnte nicht mehr kochen, irrte nach dem Einkauf in der Stadt umher. Als Karl Deter sie ins Irrenschloss brachte, untersuchte sie ein Arzt, der noch berühmter werden sollte als Dr. Hoffmann; die Krankheit, unter der sie litt, erhielt später seinen Namen.« Johanna machte eine Pause, als wollte sie prüfen, ob ihre Mutter sie dieses Mal weiterreden ließ. »Auguste Deter war eine Patientin von Dr. Alois Alzheimer.« Sie tippte erneut in ihr Handy, hielt es Ulrike hin. »Die Aufnahme wurde in der Anstalt gemacht. Auguste Deter dürfte zu der Zeit etwa einundfünfzig oder zweiundfünfzig Jahre alt gewesen sein. Für Dr. Alzheimer war sie eine besondere Patientin. Wie besonders, hat er allerdings zu dieser Zeit wohl selbst noch nicht geahnt.«

Die Kranke trug ein weißes Nachthemd; sie hatte die Beine angezogen und die Hände über der Brust gefaltet. Die dunklen Haare hingen in dünnen Strähnen bis über die Schultern, die Stirn war zerfurcht, unter den Augen lagen Tränensäcke. Eine verhärmte, vor ihrer Zeit gealterte Frau mit einem Blick ins Nichts. Und doch glichen Nase, Ohren und Kinn der lebensfrohen jungen Frau auf dem Foto, das die Großmutter Ulrike gezeigt hatte. *So hübsch war Tante Guste, bevor sie ins Irrenschloss kam. Lass es dir eine Lehre sein!*

»Augustes Mann, der ja nur ein einfacher Bahnangestellter war, konnte die Behandlung im Irrenschoss auf die Dauer nicht bezahlen«, fuhr Johanna fort. »Dr. Alzheimer hatte aber großes Interesse an dieser Patientin, die ihm zu jung für eine gewöhnliche Altersdemenz schien. Er schlug Karl Deter vor, dass sie bleiben könne, wenn er nach ihrem Tod ihr Gehirn untersuchen dürfe. Im April 1906 war es soweit. Weil Dr. Alzheimer inzwischen an der Königlich Psychiatrischen Klinik in München arbeitete, schickte man Auguste Deters Akte zusammen mit ihrem Gehirn und dem zentralen Nervensystem kurzerhand dorthin. Bei der Sektion des Gehirns stellte Dr. Alzheimer schon damals sogenannte Plaques fest, Eiweißablagerungen in der grauen Hirnsubstanz, die heute als Hauptmerkmal der Krankheit gelten. Aus den von ihm präparierten Hirnschnitten konnten Wissenschaftler mehr als einhundert Jahre später DNA gewinnen und nachweisen, dass Auguste Deter an einer genetisch bedingten Frühform der Alzheimer-Krankheit litt. Sie war also tatsächlich die erste Alzheimerpatientin der Medizingeschichte.«

Und weil sie ein sündiges Leben führte, musste Tante Guste in den finsteren Gewölben des Irrenschlosses am Ende ihrer Tage schrecklich leiden. Und als sie auch die allerletzte Erinnerung für immer verloren hatte, sägten Ärzte ihren Kopf auf und holten das Gehirn heraus. Sie schnitten es in Scheiben und suchten unter dem Mikroskop Millimeter für Millimeter nach Zeichen für ihre schlechten Gedanken. Aber sie konnten nichts finden. Wie auch? Die Strafe kam ja von Gott.

In Ulrike Bergs Familie gab es weder Neurologen noch Psychiater; soweit sie wusste, hatte auch keiner ihrer Vorfahren in einem heilkundlichen Beruf gearbeitet; Johanna würde die erste sein. Wie also hatte ihre Großmutter von diesen Dingen erfahren? Und warum hatte sie es nicht bei den Fakten belassen, sondern einen solchen Popanz daraus gestrickt? Aber vielleicht war sie nur das Ventil gewesen, und ihre Eltern hatten die Mär von der bösen Tante in die Welt gesetzt? Oder deren Eltern? War vielleicht irgendeine Bergsche Ur-Ur-Ahnin jene Nachbarin gewesen, die Auguste Deter in ihrem Wahn verleumdet hatte? Gründete die Horrorgeschichte ihrer Großmutter womöglich auf einem gezielt gestreuten Gerücht gegen die haltlosen Anschuldigungen einer Verrückten, das sich im Laufe der Zeit verselbstständigt hatte? Der Alptraum ihres Lebens als ein generationsübergreifendes Stille-Post-Spiel, in dem die Großmutter selbst nur ein Opfer gewesen war?

»Ich kenne ein Foto von Tante Guste, auf dem sie noch jung war. Sie sieht Auguste Deter tatsächlich ähnlich«, sagte Ulrike und räumte den Tisch ab. »Magst du einen Espresso?«

Johanna nickte. »Das ist ja spannend! Womöglich ist sie sogar mit uns verwandt?«

»Eher nicht. Früher haben Kinder zu allen möglichen Erwachsenen Tante und Onkel gesagt.«

Bohnen mahlen, Siebträger füllen, stampfen, eindrehen. Die Routine half zu überlegen, ob es nicht an der Zeit wäre, ihrer Tochter endlich die ganze Wahrheit zu sagen.

Ulrike schaltete die Maschine ein. In ihren letzten Tagen war ihre Großmutter eine sanfte Frau gewesen. *Auch wenn du es nicht glaubst, mein Kind: Ich wollte immer nur dein Bestes. Bleibst du in meinem Haus wohnen? Das wäre schön. Bitte, lege mir das Bild mit ins Grab.*

Einen Teufel hatte sie getan! Als sie tot war, warf Ulrike das Bild auf den Boden und trampelte darauf herum, bis Glas und Rahmen in tausend Stücke zersprangen. Danach schlief sie tief und gut und beschloss, das Haus für ihre Tochter zu behalten. Und dann stand plötzlich ihre Mutter vor der Tür, jede Faser ihres Körpers ein stummer Vorwurf: Du hast dich von einer Faschistin korrumpieren lassen!

Ulrike schob Johanna die Zuckerdose hin. »Deine Urgroßmutter behauptete, dass Tante Guste selbst schuld war, dass sie im Irrenhaus landete.«

Johanna ließ einen Löffel Zucker in ihr Tässchen rieseln. »Mein Prof sagt, dass zu Alzheimers Zeiten viele Menschen glaubten, Altersblödsinn sei eine Gottesstrafe für unzüchtigen Lebenswandel. Biologische Ursachen, wie Dr. Alzheimer sie vermutete, hielten sie für absurd. Vielleicht wurden Alzheimers Forschungsergebnisse auch deshalb lange nicht ernst genommen.« Sie grinste. »Habe ich Uroma damit vom Verdacht der Märchenerzählerin befreit?«

Ulrike atmete durch. »Deine Urgroßmutter hat sich nicht nur schaurige Geschichten ausgedacht. Was immer ich tat, sie fand einen Grund zuzuschlagen. Am liebsten mit dem Kehrbesen. Regelmäßig sperrte sie mich in den Keller, und ich hatte panische Angst, ich könnte dort unten den Verstand verlieren wie Tante Guste im Irrenschloss. Dabei galt die ganze Wut eigentlich nicht mir, sondern meiner Mutter – deiner Oma –, die trotz aller Strafen machte, was sie wollte. Die mich wie ein überflüssiges Möbelstück bei ihr abgestellt hatte und, statt dankbar zu sein, nur Verachtung zeigte.«

Johanna brauchte einen Moment, um sich zu fassen. »Warum hast du mir dann immer gesagt, dass Uroma dich wie eine Tochter geliebt hat?«

»Weil auch das stimmte. Als ich andeutete, dass ich mit deinem Vater eine Weltumsegelung plane, warf sie mir vor, genauso verdorben zu sein wie meine Mutter, und dass ich nicht wiederzukommen brauchte, wenn ich ginge. Aber das hatten Jens und ich ohnehin erst mal nicht vor. Wir hatten beide unsere Examen bestanden und wollten ein Abenteuer erleben, bevor wir heiraten und eine Familie gründen würden. Alles, was wir hatten, steckten wir in das Boot und die Ausrüstung. Der Sturm nahm nicht nur Jens das Leben, er zerstörte auch meine Existenz. Im Krankenhaus erfuhr ich, dass ich schwanger war. Deine Urgroßmutter war die Einzige, die mir half. Natürlich nicht ohne die üblichen Vorwürfe. Ich wusste nie, ob ich sie lieben oder hassen sollte. Sowas wollte ich dir ersparen.«

Ulrike sah, wie es in Johanna arbeitete.

»Und was war mit Oma?«

»Als Mutter war sie für mich eine Enttäuschung, aber die leidenschaftliche Streiterin für Frieden und Freiheit, die sich vor nichts und niemandem fürchtete, die habe ich lange heimlich verehrt. Bis ich erfuhr, dass es zu ihrem Freiheitskampf gehörte, Banken zu überfallen. Als deine Urgroßmutter starb, war deine Großmutter nicht in Indien, sondern saß im Gefängnis.«

Johanna sah aus wie ein Kind, das an der Tür lauscht und hört, dass seine Eltern sich trennen werden. »Lebt sie noch?«

Ulrike zuckte mit den Schultern. »Einige Wochen nach der Beerdigung tauchte sie plötzlich hier auf, wollte sich mit mir versöhnen. Aber alles, was ich zu hören bekam, waren Selbstgerechtigkeit und Vorwürfe. Ich habe sie rausgeworfen. Später schrieb sie mir einen Brief, den ich aber nicht gelesen habe. Ich wurde Lehrerin und erhielt mein Gehalt von dem Staat, den sie mit allen Mitteln bekämpfte. Für mich war sie gestorben.«

»Und der Brief?«

Ulrike zögerte; dann stand sie auf. »Ich hole ihn.«

Die Stiege zum Dachboden knarrte, unter dem Gebälk hatte sich die Hitze des Tages gestaut. Ulrike knipste das Licht an. Sie war lange nicht hier oben gewesen. Der alte Reisekoffer stand im hintersten Winkel unter der Schräge und war im Laufe der Jahre unter Gerümpel verschwunden; altes Werkzeug, Johannas Laufställchen, Kisten mit aussortiertem Geschirr und zerlesenen Büchern. Schäbig sah er aus, die Ecken angestoßen, die Beschläge verrostet. Das perfekte Behältnis für die Geschichten, die Ulrike ihrer Tochter nicht hatte erzählen wollen. Mit einem Klacken schnappten die Verschlüsse auf. In der schwachen Beleuchtung sahen die Fotos verblichener aus, als sie es waren.

Anna, das Mädchen mit den dunklen Zöpfen, das sich zur prügelnden Großmutter entwickeln würde, stand verloren in

Frankfurts rauchenden Trümmern, den Blick zum Himmel gerichtet, aus dem die Bomben gefallen waren, in der Hand das Einzige, was es aus seinem alten Leben hatte retten können: ein gerahmtes Porträt von Adolf Hitler.

Schnappschüsse, die Anna Berg fünfundzwanzig Jahre später hatten rot werden lassen vor Scham und Zorn: Tochter Inge, für die sie sich aufgeopfert hatte, mit bunten Bändern im wirren Haar, kiffend, nackt. Säuberlich ausgeschnittene Männergesichter aus heimlich abgehängten polizeilichen Fahndungsplakaten, in denen der Bankert dieser Kifferin verzweifelt nach seinem Vater gesucht hatte. Vergilbte Zeitungsartikel über die Frankfurter Kaufhausbrände, den Anschlag auf das US-Offizierskasino im I.G.-Farben-Haus, die Baader-Meinhof-Bande; Ulrike Meinhof als ehernes Vorbild: Selbst mit dem Namen des Enkelkindes hatte die Tochter die Mutter bestraft. Schließlich die Fotografie in Sepia mit den lächelnden jungen Damen. *Emma, Mia, Guste,* stand mit schnörkeliger Schrift auf der Rückseite. *Frankfurt am Main, Sommer 1873*. Wer hatte das Foto gemacht und warum? Waren die drei Frauen Freundinnen gewesen? Schulkameradinnen? Nachbarskinder? Anna Berg hatte es nicht verraten.

Der Brief lag unter den Fotos. Der Kleber hatte das Kuvert verfärbt. Ulrike Berg schloss den Koffer und ging in die Küche zurück.

Unter den neugierigen Blicken ihrer Tochter riss sie den Umschlag auf, faltete den Briefbogen auseinander.

Sie hatte eine Anklage erwartet oder eine Rechtfertigung, verpackt in eins dieser verkopften Pamphlete, mit denen Terroristen ihre Taten schönredeten. Doch auf dem Blatt standen nur eine Adresse und eine Telefonnummer. Und darunter: *Ich warte auf dich. Mit aller Geduld dieser Welt. Deine Mutter.*

Ulrike kämpfte gegen den Kloß in ihrem Hals. Sie gab

das Blatt Johanna. Die las und nahm ihr Handy. Ulrike nickte. Der Ruf ging durch.

»Inge Berg«, meldete sich eine freundliche Stimme.

»Oma?«, sagte Johanna.

»Mit wem spreche ich, bitte?«, fragte die Stimme.

»Mit Johanna«, sagte Johanna. »Deiner Enkelin aus Frankfurt. Mama und ich möchten dich gern besuchen. Hast du am Sonntag Zeit?«

Über die Autorin – Nikola Hahn

Nikola Hahn, Jahrgang 1963, arbeitet als Kriminalhauptkommissarin in der hessischen Polizei. Parallel zu ihrer polizeilichen Laufbahn absolvierte sie ein mehrjähriges Fernstudium in journalistischem Schreiben, Belletristik und Lyrik; sie schrieb nebenberuflich für eine Tageszeitung und für die Hessische Polizeirundschau. Darüber hinaus gehörte sie der Redaktion einer Literaturzeitschrift an und war mehrfach als Jurorin in Schreibwettbewerben eingesetzt.

Als Schriftstellerin wurde Nikola Hahn vor allem durch ihre historischen Kriminalromane bekannt, in denen sie die Anfänge kriminalistischer Arbeit in Deutschland lebendig werden lässt.

Nikola Hahn schreibt genreübergreifend; neben Romanen publiziert sie Fachtexte, Kurzprosa und Lyrik.

Mehr erfahren unter nikola-hahn.com

Vom Pferd zum Strom

Die Frankfurter U-Bahn feiert in diesem Jahr ihr 50-jähriges Jubiläum. Das Viertelstündchen gratuliert und nimmt dieses Wiegenfest zum Anlass, mal zu schauen, wo der Öffentliche Personennahverkehr, den wir der Einfachheit halber ÖPNV abkürzen, eigentlich herkommt und wie er sich über die Jahre in Frankfurt entwickelt hat. Die Idee des ÖPNV ist, dass es eine Fahrgelegenheit für jedermann geben sollte. Das ist ein guter Gedanke, der bereits im Jahre 1839 in Frankfurt umgesetzt wurde, als dort die erste Eisenbahnstation eröffnet wurde. Diese befand sich an der Gallusanlage zwischen Taunus- und Kaiserstrasse, (die es, wie sie sicher wissen, damals noch gar nicht gab, aber wir haben es mal zur besseren Orientierung mit angegeben). An dieser Eisenbahnstation endete die Linie der Taunusbahn, die Wiesbaden mit Frankfurt verband. Von dort fuhr keine Bahn mehr weiter, und man musste zusehen, wie man an sein Ziel kam. Darin witterte ein Konsortium unter der Führung von Benjamin Roth ein Geschäft und beantragte umgehend eine Konzession für ein Pferde-Omnibus-Unternehmen, welche zum 1. November 1840 erteilt wurde. Doch es gab Konkurrenz. Der Fuhrunternehmer Daniel Keßler hatte bereits ein knappes Jahr zuvor die Erlaubnis erhalten, die Bahnreisenden mit seinen Kutschen zu transportieren. Es existierten jedoch weder Fahrplan noch feste Routen, also war es kein Linienbetrieb … mehr so, wie heute die Taxis fahren. Am Anfang lief das Geschäft eher schleppend.

Die Gründe dafür waren vielfältig.

So konnten sich viele den teuren Service einfach nicht leisten. Nur die Wohlhabenden ließen sich kutschieren. Hinzu kam, dass sich die beiden Fuhrunternehmen gegenseitig die wenigen Fahrgäste wegschnappten. Zudem war Frankfurt nicht so groß wie heute, und man konnte sein

Ziel auch per pedes erreichen. Der Linienverkehr war nur ein Zubrot, da die Unternehmen mehr Geld mit der Vermietung von Kutschen an reiche Bürger verdienten, die sich keine eigene Kutsche leisten wollten.

1863 war es wieder die Familie Roth, die sich mit vier anderen Unternehmern zusammenschloss und die Verbesserung des Linienbetriebs in Angriff nahm. Man gründete die FOG (Frankfurter Omnibusgesellschaft). Zeitweise betrieb die FOG bis zu 5 Linien. Diese führten bis nach Sachsenhausen und Offenbach, scheiterten aber erneut an der mangelnden Rentabilität. Ein Problem war wohl auch der fehlende Komfort der Omnibusse, die über das Frankfurter Kopfsteinpflaster rumpelten. Es war schlicht eine Tortur, mit den Bussen durch die Stadt zu fahren.

Das änderte sich, als 1872 die erste Trambahn, die noch von Pferden gezogen wurde, auf Schienen durch die Stadt rollte. Sie war nicht nur komfortabler als die Busse, sondern kostete auch weniger, was den Erfolg beflügelte. Die Bürger schrien nach Anschluss ihres Stadtteils mit der Trambahn, ein voller Erfolg. Im Jahr 1900 hatte Frankfurt bereits 15 Linien. Die Stadt wuchs über ihre mittelalterliche Grenze hinaus, und die Trambahn mit ihr. Ganz Frankfurt wurde mit Schienenbahnen versorgt. Natürlich wurde mit Erfindung des Asphaltbelags wieder das Busfahren bequem und attraktiv, sodass wir heute ein flächendeckendes Netzwerk an Bus- und Bahnlinien haben, das nicht mehr wegzudenken ist. Mit dem Eppelwei Express fährt heute noch ab und zu eine historische Bahn durch die Stadt und erinnert an die Zeiten, in denen es noch ein wenig unbequemer war.

Der Bau der U-Bahn wurde erforderlich, weil die Stadtbahnen mit dem Andrang der Fahrgäste schlicht überfordert waren. Zudem wuchs der Wohlstand und damit auch der Autoverkehr. Es wurde einfach zu eng auf den Straßen.

Eine Lösung musste her.

Einige forderten den Bau einer Hochbahn. Der damalige Oberbürgermeister Werner Bockelmann aber favorisierte den Bau der U-Bahn. Man stimmte ab und entschied sich dafür, im Untergrund zu bauen.

Zunächst wurde die Innenstadt mit Tunneln versorgt. Im Inneren nannte man es U-Bahn, und außerhalb des Kerns waren es Stadtbahnen. Eine Kombination von beiden Systemen also. Das war natürlich wirtschaftlich vernünftig. Dennoch galoppierten die Kosten davon. Als dann Frankfurt durch ungünstige Steuereinnahmen und neue Abgabepolitik in finanzielle Schieflage geriet, stellte man im Jahr 1964 das gesamte Projekt infrage. Man hätte sogar in Kauf genommen, die Eschersheimer Landstraße als *unbefahrene Wüstenei* zu hinterlassen. Aber dann baute man weiter, und der erste Bauabschnitt wurde am 4. Oktober 1968 mit großem Brimborium eröffnet. Frankfurt hatte die dritte U-Bahn Deutschlands und die 35ste auf der gesamten Welt, das war schon was Besonderes.

Damals wie heute wurde aber auch Kritik laut. Die Streckenführung, insbesondere der oberirdische Teil, zerschnitt ganze Stadtteile in zwei Hälften. Gerade die Strecke auf der Eschersheimer Landstraße ist heute noch umstritten.

Der Ausbau des Tunnelnetzes ging weiter.

Im Jahr 1986 war er dann endlich abgeschlossen. Zu massiven Protesten kam es, als der Oberbürgermeister Walter Wallmann das Programm *Schienenfreie Innenstadt* ausrief. Der Plan war, die Stadt von allen Schienen zu befreien, um so mehr Lebensraum für die Menschen zu schaffen, denn die freiwerdenden Gleisflächen sollten nicht etwa für den Autoverkehr genutzt werden, sondern zur »Aufwertung« der Straßen- und Platzräume. Aber der Frankfurter lässt sich nichts vorschreiben. Und er lässt sich nichts wegnehmen, was er behalten will. Deshalb gründete sich die Bewegung *Rettet die Straßenbahn.* Es kam zum Konflikt. Prominente ergriffen Partei für die Straßenbahn, und ein Bürgerbegehren bekam 60.000 Unterschriften für den Erhalt der Straßenbahn. Schließlich entschied Regierungspräsident Hartmut Wierscher, die Genehmigung der Stilllegung zu entziehen, womit die *Schienenfreie Innenstadt* Geschichte war. Der erst kurz zuvor gewählte Oberbürgermeister Wolfram Brück ließ daraufhin trotzig die Situation eskalieren. Der für die Fahrplangestaltung zuständige FVV stellte kurz darauf seinen neuen Winterfahrplan vor, der die stillzulegenden Straßenbahnlinien bereits nicht mehr enthielt, und ließ ihn umgehend drucken. Der Plan entsprach nicht den Vorgaben, des Regierungspräsidiums. Das Regierungspräsidium pochte auf seine Vorgaben, und Brück drohte mit dem Austritt aus dem FVV. Die lächerliche Provinzposse auf Kleinkindniveau eskalierte, als Oberbürgermeister Brück zwei Tage vor der geplanten Eröffnung der U-Bahn diese auf unbestimmte Zeit verschob. Zudem verbot er alle dazu geplanten Feierlichkeiten unter Androhung von ernsthaften Konsequenzen, was er sogar polizeilich überwachen ließ. Die Unternehmer, die bereits in das Fest investiert und unter anderem auch teure Musiker engagiert hatten, waren alles andere als begeistert, wie man sich vorstellen kann. Der fertige U-Bahn Tunnel blieb zunächst unbenutzt. Da aber die Schienen der Linie 16 bereits entfernt worden waren, musste diese jetzt zu allem Überfluss auch noch umgeleitet werden, nur weil ein Oberbürgermeister die beleidigte Leberwurst spielte. Ein Skandal, der Frankfurt bundesweit lächerlich machte.

Die Situation beruhigte sich zwar, aber Brück verlor die nächste Wahl mit satten 13% Verlusten.

Weiterhin in der Kritik stand die Strecke auf der

Eschersheimer Landstraße. Es kam immer wieder zu tödlichen Unfällen und zahlreichen Verletzungen. Fast 40 Menschen ließen seit der Eröffnung 1968 auf diesem Streckenabschnitt ihr Leben. Einige sicher gewollt, die meisten jedoch durch Unachtsamkeit und unglückliche Umstände. Die Sicherheitsmaßnahmen wurden stetig verbessert, sodass die Zahlen sanken. Aber immer noch passieren Unfälle, die durch eine Verlegung der gesamten Strecke unter die Erde, wie so mancher es fordert und wie es ursprünglich geplant war, verhindert werden könnten.

Abschließend lässt sich sagen, das Frankfurt ohne seine U-Bahn und sein gesamtes ÖPNV-Netz kollabieren würde. Pro Tag transportieren die U- und S-Bahnen und die Busse 2,5 Millionen Menschen in der Stadt. Nicht ausdenken, wenn die alle mit dem Auto fahren müssten. Der ÖPNV ist wichtig und unersetzlich für Frankfurt. Deshalb feiern wir ihn - nicht nur wegen seines fünfzigjährigen Jubiläums - als den stillen Helden des Alltags. Aber bei aller Feierlaune - manches muss noch verbessert werden, damit es attraktiver wird, mit ihm zu fahren. Gerade in den Außenbezirken fühlt sich so mancher Bürger vom ÖPNV im Stich gelassen. Erst wenn jeder Einwohner es als echten Vorteil sieht, mit dem ÖPNV zu fahren, ist er seiner Bestimmung gerecht geworden.

Frankfurt an der Nidda oder Eine Zeitreise mit Folgen

Eine Kurzgeschichte von Daniel Holbe

Gestatten Sie mir, dass ich mich vorstelle. Mein Name... halt, nein, das ist nicht gut. Wenn ich Ihnen zu viel verrate, könnte das gefährlich sein. Haben Sie »Zurück in die Zukunft gesehen?« Besonders die ersten drei Teile meine ich, nicht die Episoden 4 bis 6. Na egal. Man sollte jedenfalls nicht in der Vergangenheit herumpfuschen, wenn einem die Zukunft am Herzen liegt – alte Weisheit unter Temporalphysikern.

Ich bin... nun ja, ich bin Wissenschaftler. Hier, in Frankfurt. Im Jahr 2043. Man steckt gerade mitten in den Vorbereitungen zu unserer 1250-Jahr-Feier. Mein Job dabei ist es, mich mit einigen Phänomenen zu beschäftigen, denen vor dem Fest auf den Grund gegangen werden soll.

Würde ich meiner Frau in diesem Augenblick eine Einkaufsliste mailen, könnte ich mir sicher sein, dass Sekunden später ein aufgeregter Anruf von ihr kommt. Oder gleich ein paar Nervenärzte. Und das hat nichts damit zu tun, dass im Jahr 2043 Frauen nicht mehr zum Einkaufen geschickt werden dürfen!

Ich gebe zu; meine Einkaufsliste liest sich exotisch: Ein Dutzend lavafester Sonden mit nuklearem Sprengkern ODER ein 5 Tonnen-Satellit, vorzugsweise aus europäischer Fertigung (es ist auch heute noch immer angesagt, regionale Produkte zu unterstützen) ODER das Matterhorn. *Das* Matterhorn, ja, bitte halten Sie mich nicht für verrückt.

Ich schreibe meine Einkaufszettel immer so. Da ich mich grundsätzlich schlecht entscheiden kann, bekommt meine Frau meistens ähnlich lautende Listen. Rouladen ODER ein schön feuriges Gulasch ODER Spaghetti Bolognese. Mit Rinderhack.

Auch Fleisch essen wir noch in 2043. Zumindest einige von uns. Sie können da also ganz beruhigt sein.

Nun ja, meine Frau würde sich jedenfalls für Bolognese entscheiden. Und auch das Matterhorn wäre mir grob gehackt am liebsten, dürften so um die 200 Milliarden Tonnen Granit sein.

Das alles muss ziemlich verwirrend klingen in ihren Ohren. Oder verwirrt. Das ist das Problem von Zeitwissenschaftlern. Wir fangen immer ganz hinten an und finden nur mit Müh und Not zum Kern der Sache. Historiker haben es da einfacher. Naja, zumindest hatten sie das, bis zum Neujahr 2040.

Was der so genannte Millennium-Bug am 1.1.2000 nicht schaffte, gelang ihm genau vierzig Jahre später. Das Internet implodierte sozusagen. Alles futsch. Sämtliches Wissen der jüngeren Menschheitsgeschichte ging dabei verloren, und da sich nur noch wenige Gelehrte auf den Gebrauch von Büchern verstanden (und der Zugang zu den wertvollen Archiven stark beschränkt war), lebte man bald nur noch mit gefährlichem Halbwissen und berief sich auf mündliche Überlieferungen, die aus jedem Mund anders klangen.

Am 6. Januar 2040 berief die Oberbürgermeisterin der Stadt Frankfurt (natürlich eine andere, als die vom Jahrtausendwechsel) eilig eine Expertenkommission ein. Eine kleine Gruppe so genannter Rekonstrukteure (man nannte sie spaßeshalber auch die *Drei Weisen aus dem Mainland*) befasste sich fortan mit der Wiederherstellung der Frankfurter Stadtgeschichte. Weil die Zeit drängte – das Datum der 1250-Jahr-Feier in drei Jahren hatte schließlich niemand vergessen - konzentrierten sie sich auf die wesentlichsten Punkte der Stadtgeschichte.

An erster Stelle stand dabei der Apfelwein. Nicht nur

Kritikern stieß das Stöffchen bitter auf, hätten sie doch die Eintracht, Goethe oder die Grüne Soße viel lieber auf Platz 1 gesehen. Nebenbei möchte ich erwähnen, dass die legendäre »Grie Soos« noch nie auf einer der Einkaufslisten für meine Frau gestanden hat. Das verbindet mich auch mit dem guten alten Herrn Goethe. Dem ging es da ganz ähnlich, hauptsächlich, weil das Kräuterrezept erst lange nach seinem Tod erfunden wurde. Vermutlich hätte es ihm ohne Dill auch überhaupt nicht gemundet. Aber lassen wir das.

Ausgerechnet im Schreibtisch eines der Experten fand sich ein Sachbuch, welches einen grauen Bembel auf hellblauem Cover trug. In ihm waren sämtliche Informationen zum Thema Äppler erschöpfend zusammengetragen, inklusive einer schlüssigen Erklärung, weshalb Frankfurt nicht zu einer Bier-Stadt geworden war. Es erfreute uns Wissenschaftler, dass ein vergorener Apfel die kausale Ursache gewesen war. Genau wie bei Isaac Newton.

Nicht nachvollziehen konnten wir indes die Behauptung, dass Apfelwein auch ohne die Zugabe von süßer Limonade genießbar sei. Doch wen interessierten schon fehlerhafte Überlieferungen ...? Es gab genug Wichtigeres auf unserer Liste. Tatsächlich kam die Eintracht dann direkt an zweiter Stelle. Man fand heraus, dass sie 1988 den DFB-Pokal gewonnen hatte. Und ältere Semester wussten zu berichten, dass dies auch 2018 der Fall gewesen war. Infolgedessen war man sich einig, dass der Spielergemeinschaft eine mindestens dreißigjährige, ungebrochene Pokal-Erfolgsgeschichte bescheinigt werden müsse. Kritische Gegenstimmen wurden abgewiegelt, und man dachte für einen kurzen Moment darüber nach, ob es nicht angemessen sei, dem Verein eine Art ewige Uhr ins Stadion zu hängen. Verhandlungen mit der Stadt Hamburg über ein ausgemustertes Objekt dieser Art jedoch blieben erfolglos, und man konzentrierte sich auf den nächsten Punkt der Liste.

Im Herzen der Stadt befand sich eine Art gesäßförmiger Kuppelbau mit einem gigantischen Poloch; man mutmaßte, dass er aufgrund seiner ausnehmenden Hässlichkeit nie von Publikum frequentiert worden war und deshalb seit Jahrzehnten verfiel. Das Gelände war abgesperrt, und überall suchte sich das Grün seinen Weg durch Beton und zersprungene Glasflächen. Hochauflösende Drohnenaufnahmen ließen das volle Ausmaß erkennen. Es war, als recke sich inmitten der eleganten und historischen Zeil-Gebäude der Hintern des Architekten aus dem Boden, um aller Welt das bekannte Goethe-Zitat zu verkünden. Gegner des Nachtflugverbots forderten, die Stadt nur noch im Dunkel überfliegen zu lassen, doch dagegen wehrten sich vor allem die Anrainer der Startbahn Ost, welche man in den Wald bei Neu-Isenburg gelegt hatte. In die Gemarkung Offenbach. Was angeblich nicht zufällig geschehen war.

Da ich weder ein Liebhaber des sauren Tröpfchens noch ein Fußball-Fan bin (eher so der langweilige Geschichts-Typ), übertrug man ausgerechnet mir den nächsten Punkt auf der Liste. Ja, genau. Offenbach.

Kurzum: Das elektronische Wissen war ja unlängst durch das Internet-Imploding flöten gegangen, und das Papierwissen so nur einer Handvoll tattriger Gelehrten vorbehalten. Der Rest davon ist Hörensagen. Die Globalisierung der Informationen hatte kurz vor dem Internetcrash einen neuen Zenit erreicht und für globale Verdummung gesorgt. Und diese blieb auch nach dem Crash bestehen, kaum einer mehr wusste, was nun Wahrheit oder Legende war. Eine dieser Legenden, die sich in unserer Stadt wacker hielt, erzählte davon, dass Frankfurt und Offenbach nicht gerade die besten Nachbarn waren. Schon früher nicht, und daran hatte sich nie etwas geändert. Doch Beweise dafür gab es keine, nun ja, jedenfalls fast keine. Allerdings feierte man in Bürgel schon 2040 (ausgerechnet in diesem vermaledeiten 2040!) die 1250-Jahr-Feier. Und Bieber im Jahr darauf. Wie ärgerlich es also hier, Hibb de Bach, war, dass man die Chance nur haarscharf verfehlt hatte, das Fest bereits zehn Jahre früher zu feiern. Schuld daran war eine Legende um Karl den Großen, die man nach dem großen Systemcrash nur noch schwer widerlegen konnte. Wenn er damals, 782, doch nur schon die Urkunde gezeichnet hätte... Nun ja. Gegessen. Das Jahr 2032 war längst Geschichte – aber genau da komme ich jetzt ins Spiel. Ich und meine wahnwitzige Vision.

Ich, der Zeitmechaniker, wie man unseren Berufsstand umgangssprachlich wohl nennen würde. Wenn man gemeinhin von unserer Existenz wüsste. Doch das ist eben das Komplexe an Zeitreisen. Hinterher weiß man nicht, was man verändert hat. Oder dass man es überhaupt getan hat. Also denken wir nicht allzu lange darüber nach. (Glauben Sie mir. Tun Sie's besser nicht!)

Unsere Zeitmaschine (wobei auch dies ein eher volksmündischer Begriff ist, denn wir produzieren damit schließlich keine Zeit) erlaubt es uns, nicht-organische Stoffe zu transportieren. Das ist eine Sicherheitsmaßnahme. Stellen Sie sich nur einmal vor, einer von uns Wissenschaftlern hätte auf seinem Weg in die Vergangenheit versehentlich Pflanzenreste an seiner Kleidung kleben gehabt. Auf einer Kräuterwiese bei Oberrad hätte eine Handvoll Dillsamen Verheerendes anrichten können.

Während man mir aufgetragen hatte, die Sache mit Offenbach zu ergründen und nötigenfalls dezent zu korrigieren, kamen mir da viel größer angelegte Gedanken. Zuerst dachte ich, dass man Offenbach und Frankfurt doch vereinigen könnte. Es wäre dann die 1250-Jahr-Feier einer Millionenstadt geworden, die vom Mainbogen bis zum Pfingstberg reichen würde. Der Traum eines jeden

Oberbürgermeisters... doch zum Scheitern verurteilt. Es gelang mir nicht, jenen Punkt in der Geschichte zu finden, an dem Offenbach und Frankfurt sich entzweit hatten. Im Gegenteil, es schien da mehrere Faktoren zu geben, und es war unmöglich, *alles* zu berücksichtigen. Auf Anfragen im Archiv des Bistums Mainz, in dem noch heute wertvolle Urkunden lagern, bekam ich folgende flapsige Aussage: » Der Main zwischen Frankfurt und Offenbach, der ist gottgewollt. Glauben Sie mir. Ich weiß, wovon ich rede. Wir haben den Rhein hier nämlich auch nicht zufällig vorbeifließen.«

Es dauerte einige Tage, bis die Erkenntnis mich im Tiefschlaf traf.

Und dann stand sie plötzlich klar vor meinen Augen. Die Vision:

Der Main! Diese angeblich gottgewollte Grenze – *mein Gott! Ich bin Wissenschaftler!* – diese unsägliche Furt, die sich unüberwindbar zwischen zwei Städte gezwängt hatte. Sanft gewellt, so wie eine gewisse Schlange mit dem süßen Apfel, die unseren Urahnen damals das Paradies madig gemacht hat.

»Tötet die Schlange und alles wird gut!«, schrie es in meinem Kopf.

Und macht die Sündenfrucht zu Äbbelwoi.

Fieberhaft stellte ich Berechnungen an und telefonierte mit den klügsten Köpfen, die es zu diesem Thema gab. Am Ende kristallisierten sich nur wenige praktikable Lösungen heraus:

Ganz ehrlich - Wie sollte ich, ohne den Einsatz von organischem Material (sprich: Einem, der den Leuten sagt, was sie zu tun haben) die germanischen Frühmenschen im Odenwald dazu bringen, einen massiven Damm zu errichten? Ich konnte auch schlecht einen Roboter bauen, den ich ihnen in der Zeit zurücksendete und der ihnen in bester Gott-Manier verständlich machen sollte, dass es notwendig sei, den Main ab Miltenberg in Richtung Neckar zu zwingen. Nein. Das musste einfacher gehen.

Ein Vulkanausbruch im Eozän! Viel besser – und ganz ohne den Faktor Mensch. Denn das Eozän ist 45 Millionen Jahre her, also nur einen Vogelschiß von der Dinosaurierzeit entfernt. Damals gab es noch überhaupt keinen Main. Und wenn die Lava geschickt fließen würde, dann würde sich daran auch nichts mehr ändern. Allerdings hatte der Plan auch eine Schwäche. Er mochte zwar um Längen besser sein als die Idee, einen Berg wie das Matterhorn in handliche Brocken zu zerlegen (denn so viel Material hätte man gebraucht, um Miltenberg per Geröll-Damm zu einer rechtsmainischen Stadt zu machen), aber so richtig überzeugt war ich nicht. Dafür war Lava viel zu unberechenbar.

Deshalb kam ich auf die Idee mit dem Satelliten. Ein paar wenige Modifikationen, 15 Millionen Jahre zurückgeschickt und voilà – keine langen Erklärungen, keine Kollateralschäden, keine Lava-Sauerei. Die Berechnung war denkbar einfach. Es brauchte nur eine Abweichung im Kommabereich, und schon sorgte der Asteroid vom Nördlinger Ries für den gewünschten Effekt. Ein paar Verwerfungen hier, ein wenig Gesteinsverschiebung dort und schon suchte der Ur-Main sich einen anderen Verlauf.

Oh wie schön es doch wäre, an diesem Tag dabei sein zu können (wenn auch nur in sicherer Entfernung). Doch andererseits: ich hätte mich hinterher sowieso an nichts erinnert. Zeitreisen – Sie verstehen? Wir schaffen keine Realitäten, wir verändern die eine (die einzige!) die wir haben.

Als der Tag X beginnt, erwache ich mit Bildern im Kopf. Ich sehe die Kinzig, die sich etwa dort entlang schlängelt, wo heute noch der Main fließt. An ihrem Ufer haben sich Siedlungen gegründet, mehrere, und im Laufe der Jahrhunderte sind sie zu einem großen Gebiet zusammengewachsen. Die Stadt erstreckt sich weit in den Westen, bis dorthin, wo die Kinzig in die Nidda mündet. Anstelle des Mains. Und der Übergang von einem Bezirk in den andern geht fließend. Ein paar Brücken, viel kleiner als heute. Industrie und Grüngürtel wechseln sich ab, man lebt und arbeitet gerne hier. Dutzende von Apfelweinkneipen schenken die regionale Spezialität aus: Süßgespritzten (was dachten Sie denn?), der vornehmlich aus Wetterauer Äpfeln und Vogelsberger Wasser besteht. Es gibt nunmal Realitäten, die ändern sich nie.

Meine Gedanken reisen weiter. Durch die Verlagerung der Städte befindet sich der Eiserne Steg jetzt etwa dort, wo man sonst das Westkreuz gebaut hätte. Die A5 verläuft nämlich ebenfalls deutlich weiter westlich, mitten durch die Gemarkung Eschborn, ein Gedanke, den man im Normalfall bestenfalls als absurd bezeichnen könnte.

Der berühmte Briggegickel schaut in dieser Realität übrigens nordwärts in Richtung Brentanobad, wo sich auch heute noch Nilgänse tummeln.

Und es ist wohl überflüssig zu erwähnen, dass Ortsteile wie Ober-Erlenbach und Ober-Eschbach genau so selbstverständlich zum Stadtgebiet gehören wie die Oberklasse-Wohnungen auf dem Pfingstberg.

Und auch als an Fakten orientierter Wissenschaftler stelle ich es mir spannend vor, wie sich das Ganze gesellschaftlich auswirken würde. Zum Beispiel im Sport. Wenn also, mangels eines eigenen Vereins, alle Kickers-Spieler zur Eintracht gehören würden. Die hätten Frankfurt gewiss auch ohne rekonstruierte Gedächtnislücken zum Rekordmeister gemacht.

Und dann, ganz plötzlich, gehe ich raus aus diesem Tagtraum, so schön er auch war. Aber ich trauere ihm nicht nach. Ich behalte ihn genau im Blick. So etwa muss es sich für einen Wissenschaftler also anfühlen, wenn er etwas, hm, Göttliches tun darf. Denn auch wenn alle Welt davon betroffen sein wird: mitbekommen wird es keiner. Jedenfalls wird sich niemand daran erinnern können, dass es einmal eine alte Realität gab. Zeitreisen eben. Ich sagte ja, sie sind kompliziert. Aber das Ergebnis wird für sich sprechen, das garantiere ich Ihnen!

*

Frankfurt an der Nidda ist eine Millionenstadt.

Eine Stadt mit Charme und Potenzial. Sie feiert ihr Jubiläum mit viel Pomp. Und den hat diese Stadt auch verdient.

Man lebt und arbeitet gerne hier, Frankfurt wurde zum wiederholten Male zur lebenswertesten Stadt des Landes gewählt. Gelegentlich kommt deshalb jemand auf die Idee, dass es hier zu wenig Wohnfläche gäbe. Aber selbst wenn es mal eng wird, haben wir noch einiges an Reserven zu bieten. Diesen Luxus jedenfalls besäßen wir nicht, wenn beispielsweise ein breiter Fluß oder eine sechsspurige Autobahn uns in die Grenzen zwingen würden. Stellen Sie sich nur einmal vor – auch wenn der Gedanke natürlich absurd erscheinen mag – wir unterlägen hier solchen Zwängen. Am Ende käme jemand noch auf die Idee, im Frankfurter Norden ein gigantisches Wohnungsbauprojekt anzuleiern. Auf irgendeinem Feld, *Mann!*, wie bescheuert wäre das denn?

Doch glücklicherweise gibt es für solch einen Irrsinn keine Notwendigkeit.

Ich muss allerdings feststellen, dass es auch in der lebenswertesten Stadt zu Unstimmigkeiten kommen kann. Einer unserer Stadtteile, Offenbach an der Kinzig, hat im Zuge unserer Jubiläumsfeier wohl ein bisschen Größenwahn geschnuppert. In übertriebener Art und Weise huldigen sie mit all ihren Denkmälern und Büsten und Plätzen und Türmen ihrem einen, großen Sohn. Ihrem Idol, das im Offebäscher Hirschgraben geboren wurde.

Johann Wolfgang von Goethe.

So gut wir alle miteinander auch können:

Niemals würden sie uns den Dichterfürsten auch nur ansatzweise gönnen.

Offenbach gehört zu Frankfurt.

Aber Goethe gehört Offenbach!

Wie sagte er einst schon so treffend?

»Geschichten schreiben ist eine Art, sich das Vergangene vom Halse zu schaffen.«

Über den Autor – Daniel Holbe

Daniel Holbe lebt auf einem Bauernhof in der Wetterau. Dieses Landidyll tauscht er in seinen Büchern gegen den Frankfurter Großstadtdschungel ein, der nur wenige Kilometer von seiner Haustür entfernt beginnt.

Das kreative Schreiben begann er bereits nach der Grundschule. Es folgten Kurzgeschichten in Schulheften und ein recht düsteres Gedicht in einer Tageszeitung über die Folgen der Umweltverschmutzung. Danach war mit dem Schreiben vorerst Schluss, und auch den Gedanken, später einmal Journalist zu werden, verwarf er irgendwann.
Er verdingte sich als Kälte- und Klimafachmann, jobbte in einer Videothek, später dann studierte er Sozialpädagogik und Sozialarbeit.

Inspiriert von Dan Brown, veröffentlichte er mit *Die Petrusmünze* sein Debüt und zwei Jahre später entschloss er sich, angeregt u.a. von Andreas Franz, etwas in Richtung Krimi zu wagen, der in Hessen spielt. Droemer Knaur übertrug ihm das literarische Erbe von Andreas Franz. Ein halbes Jahr später erschien *Todesmelodie*. Es folgten viele weitere Bücher, die allesamt in den Bestsellerlisten landeten. Daniel Holbe gilt derzeit als einer der erfolgreichsten Autoren des Landes.

Mehr erfahren unter daniel-holbe.de

Vergessene Namen

Fahren Sie mit offenen Augen durch Ihre Stadt? Mal Hand auf's Herz … interessiert Sie wirklich, wer Fritz Tarnow war, wenn Sie in die U-Bahn an der nach ihm benannten Haltestelle einsteigen? (Nur für's Protokoll: Fritz Tarnow war ein bedeutender Sozialdemokrat, Gewerkschafter und Reichstagsabgeordneter der Weimarer Republik). Oder wissen Sie, warum der *Römer* Römer heißt?

Ok, das ist eher unromantisch.

Es war zu jener Zeit einfach üblich, den Gebäuden Namen zu geben. Das Gebäude mit dem Namen *Römer* wurde zusammen mit dem Gebäude *Goldener Schwan* im Jahre 1405 von der Stadt als repräsentatives Gebäude gekauft. Der Name *Römer* für das Haus resultiert also nur daher, dass es der Familie zu Römer gehört hat.

So einfach ist das.

Das heißt aber nicht, dass im *Goldenen Schwan auch* ein goldener Schwan gewohnt hat. Der *Goldene Schwan* hieß ursprünglich *Haus zum goldenen Frosch*. Woher der Name *Goldener Schwan* kommt, ist nicht zu klären. Wir könnten ja jetzt vermuten, dass es mit der jeweiligen Anmut der beiden Tiere zu tun hat, aber das wäre wirklich gemein gegenüber dem Frosch als solchem.

Derlei Namen von Orten und Straßen gibt es zu Tausenden in Frankfurt. Bei vielen dieser Namen ist es selbsterklärend, wie zum Beispiel bei Landstraßen, die einfach nach den Orten benannt wurden, zu denen sie führen. Eine *Goethestraße* erklärt sich genauso leicht wie eine *Polizeimeister-Kasper-Straße* oder die *Feuerwehrstraße*. Aber warum heißt die *Schirn* Schirn, und was ist überhaupt ein *Schirn*?

Jetzt wird es schon kniffliger.

Aber Sie halten ja das *Viertelstündchen* in den Händen, das Frankfurt-Buch mit dem Mehrwert, den Sie hier und jetzt bekommen. Also, aufgepasst … es gibt etwas für den Angeberstammtisch zu lernen.

Am heutigen Standort der *Kunsthalle Schirn* befanden sich früher zahlreiche Verkaufsstände der Frankfurter Metzgerszunft. Diese offenen, hölzernen Buden nannte man *Schirnen*. Das Wort *Schirn* wiederum leitet sich vom altdeutschen *scranna* ab. Klingt nicht wirklich nach Schirn, zugegeben, aber aus *scranna* wurde später *Schranne*, dann *Scherne,* und schließlich wurde es zu *Schirn*. Daher hält die Kunsthalle mit ihrem Namen die ausgestorbene Verkaufsform in Erinnerung.

So hat Frankfurt viele aus der Geschichte gewachsene Orte und Plätze, ja sogar ganze Straßenzüge sind geschichtlich zu begründen. Haben Sie sich zum Beispiel mal den *Anlagen-* und den *Alleenring* auf dem Stadtplan genauer angeschaut? Wenn nicht, dann machen Sie das mal, wir warten hier so lange auf sie ... und, ist Ihnen etwas aufgefallen?

Genau!

Mal abgesehen davon, dass es sich nicht um Ringe, sondern um Halbringe handelt, haben sie doch beide einen auffällig an eine Stadtmauer erinnernden Verlauf. Und das ist tatsächlich kein Zufall. Der *Alleenring* beschreibt die ehemalige Landwehranlage Frankfurts, die noch vor der Stadtmauer die ersten Feinde davon abhalten sollte, die Stadt zu erobern.

Der *Anlagenring* besteht gleich aus zwei parallel verlaufenden Halbringen, die in die jeweilig entgegengesetzte Richtung Einbahnstraßen sind. Sie beschreiben im äußeren Halbring die ehemaligen Wallanlagen und im inneren Halbring den ehemaligen Verlauf der Frankfurter Stadtmauer. Wenn Sie auf einem dieser Ringe entlangfahren, befinden Sie sich also auf historischem Boden.

Kennen Sie den *Fechenheimer Leinpfad*? Vielleicht sind sie dort schon mal auf einer Radtour entlang des Mains unterwegs gewesen oder haben einen Spaziergang gemacht, denn der Leinpfad gehört zum Frankfurter Grüngürtel. Wir wetten, sie waren gemütlich und entspannt unterwegs und haben die schöne Aussicht auf den Fluss genossen. Wussten Sie aber, dass sich an diesem *Leinpfad* vor vielen Jahren ein Treidelpfad befand? Ein *Treidelpfad* war früher ein Weg am Ufer eines Flusses, auf dem Menschen oder Pferde hölzerne Schiffe flussaufwärts gezogen haben. Das war der Tatsache geschuldet, dass es damals noch keine Motoren gab, die die Schiffe bergauf hätten schieben können. Also leinte man die Schiffe kurzerhand an und zog sie den Fluss hinauf. So war in beiden Richtungen Schiffsverkehr möglich, und der Leinpfad kam zu seinem Namen.

Die *Konstablerwache* ist heute ein weitläufiger, zentraler Platz auf Deutschlands Einkaufsstraße Nummer eins. Nichts außer dem Straßenschild erinnert an diesem Ort an ihren Namensgeber. Der ist nämlich nicht mehr zu sehen. Die eigentliche *Konstablerwache* wurde im Jahre 1866 abgerissen, damit an dieser Stelle Geschäftshäuser errichtet werden konnten. Heute steht dort das sogenannte *Bienenkorbhaus*.

Die *Konstablerwache* war ursprünglich ein *Zeughaus*, in dem Waffen aufbewahrt wurden. Gleichzeitig war es der Sitz des Konstablers, was so viel wie Büchsenmeister oder auch Stückmeister bedeutete und später zu einer Polizeiwache umgebaut wurde, als das Militär die Wache aufgab.

Wie sehr der Frankfurter an seiner Tradition hängt, sieht man am Beispiel des *Fünffingerplätzchens*. Das *Bornheimer Fünffingerplätzchen* gibt es heute in, wie der Name schon sagt, Bornheim zu bewundern. Hier treffen sich die *Berger Straße*, die den Platz überquert sowie die *Heidestraße*, die *Rendeler Straße*, die *Löwengasse* und die *Ringelstraße*.

Aus der Luft betrachtet, kann man mit ein wenig Fantasie das Zusammentreffen dieser Straßen als eine menschliche Hand interpretieren. Das ursprüngliche *Fünffingerplätzchen* befindet sich allerdings am *Römerberg*. Dort, wo man heute die touristisch attraktiv aufgebaute Ostzeile bewundern kann, trafen hier einst das *Schwertfegergässchen*, das *Drachengässchen* und die *Goldhutgasse* auf die quer dazu verlaufende *Flößergasse* und bildeten in der Vogelperspektive wie in Bornheim die Form einer menschlichen Hand. Dieser kleine Platz war zu seiner Zeit ein sehr beliebtes Postkartenmotiv, wurde aber im 2. Weltkrieg, zusammen mit dem Rest der malerischen Altstadt, zerstört und nicht wieder aufgebaut. Statt eines Postkartenmotivs befindet sich nun an dieser Stelle die Eingangsrotunde der *Kunsthalle Schirn.*

Frankfurts Straßen und Plätze haben Namen, über die sich heute kaum jemand Gedanken macht. Es ist die Macht der Gewohnheit, dass wir uns darüber nicht den Kopf zerbrechen, warum was wie heißt. Sie zählen ja auch nicht die Brücken, die sie überqueren, um beispielsweise an Ihren Arbeitsplatz zu gelangen, obwohl das sicherlich eine Menge sind. Das macht man einfach nicht. Warum auch?

Aber wir bewegen uns in einer Stadt, die Geschichte geschrieben hat, die Geschichte ist. Wer weiß denn heute, dass der Stadtteil *Gallusviertel* seinen Namen bekommen hat, weil es sonst schwer geworden wäre, Siedler für dieses Gebiet zu finden. Jetzt leben hier knapp 40.000 Menschen. Wir wollen hier keine Ängste schüren, und es ist eigentlich auch gar nicht so schlimm, aber wenn Sie zufällig im *Gallusviertel* wohnen, sollten Sie wissen, dass Sie eigentlich auf dem *Galgenfeld* wohnen. Dazu muss man eigentlich nicht viel erklären, … ja, hier wurde früher hingerichtet. Vor den Toren der Stadt musste der Henker ja irgendwo seinen Geschäften nachgehen. Das war nun mal im *Kamerun*.

Moment, fragen Sie sich jetzt, was hat denn das afrikanische Land damit zu tun?

Gar nichts … zunächst.

Das *Gallusviertel* wird von den Frankfurtern auch *Kamerun* genannt. Warum das so ist, ist nicht eindeutig geklärt. Es gibt einige Legenden darüber. Eine berichtet, dass dort während der französischen Besetzung Frankfurts nach dem 1. Weltkrieg meist marokkanische Söldner stationiert waren und sich in Frankfurt das geflügelte Wort »zu den Kamerunern gehen«, wenn man dort passieren wollte, festgesetzt hatte.

Es kursiert auch eine Version, die besagt, dass die dort angesiedelte Arbeiterbevölkerung so weit weg war von Frankfurt wie die ehemalige deutsche Kolonie Kamerun.

Wieder andere behaupten, das käme von den ehemaligen Adlerwerken, in denen Schreibmaschinen hergestellt wurden. Die Arbeiter, die mit Druckerschwärze in Berührung kamen, hatten manchmal schwarze Farbe im Gesicht und wurden deshalb mit Bewohner der deutschen Kolonie Kamerun in Verbindung gebracht.

In die gleiche Richtung geht die letzte Version. Im Gallus war nämlich auch das Ausbesserungswerk der Bahn zu finden. Dort waren natürlich viele Dampfloks unterwegs, und die schwärzten die Gesichter der Arbeiter, was wiederum den Bezug zum Kamerun herstellte.

Egal welche Version stimmt, sie ist auf jeden Fall rassistisch. Aber der Volksmund lässt sich nun mal nichts verbieten.

Oft finden sich bei den Frankfurter Stadtteilen die Namen der Begründer wieder. Über die vielen Jahrhunderte haben sich diese aber verzerrt. So wurde zum Beispiel Berkersheim nach seinem Begründer Bergisis benannt. Ursprünglich hieß es Berchgisisheim, was logisch ist, denn es war Bergisis' Heim. Daraus wurde im 9. Jahrhundert Berahtgisesheim und im 13. Jahrhundert Berkirsheim. Schließlich wurde Berkersheim daraus. Wie das »K« ins Berkersheim kam, ist nicht zu klären. Hat sich wohl jemand vertippt.

Ähnlich verhält es sich mit Eschersheim.

Der erste Besitzer des heutigen Frankfurter Stadtteils Eschersheim war Ensco, dem eine fränkische Abtei an diesem Flecken Erde gehörte. Daraus wurde dann Enciresheim. Gut und gerne 250 Jahre später hieß es schon Eischersheim und wurde über Escherssheym im Jahre 1278 zu Eschersheim, was es heute noch ist. So könnte man das mit beinahe jedem Stadtteil in Frankfurt machen, und bei all dem sehen wir, welche jahrhundertealte Tradition in unserer Stadt zu finden ist.

Wir laufen Tag für Tag durch unsere eigene Geschichte, ohne sie wirklich wahrzunehmen. Dabei ist genau diese Geschichte unser Ursprung, die Keimzelle unserer Stadt, die über Jahrhunderte zu dem geworden ist, was wir heute sehen und was wir und alle unsere Vorfahren daraus gemacht haben. Selbst die, die nicht aus Frankfurt kommen, gestalten diese Stadt mit, wenn sie sich hier niederlassen. Jeder Einwohner Frankfurts hinterlässt auf irgendeine Weise seine Spuren in der Stadt. Die einen sind etwas größer, die anderen kleiner, aber dennoch vorhanden. Wir vom *Viertelstündchen* sind deshalb der Meinung, dass wir alle ab und zu, wenn wir durch die Stadt laufen, fahren oder schlendern, uns ein wenig dafür interessieren, was uns umgibt und wo der Ursprung zu finden ist.

Die Kerze

Eine Kurzgeschichte von Meddi Müller

Sophie wälzte sich in ihrem kleinen Bett hin und her. Es war noch sehr früh an diesem 14. August 1867. Stickig stand die Luft in der kleinen Kammer unter dem Dach, die Sophie behauste. Sie war müde, aber gleichzeitig zu wach, um wieder einzuschlafen. Ihre Gedanken kreisten um die Ereignisse des Tages. Je mehr sie versuchte, die Gedanken zu verdrängen, desto präsenter wurden sie. Schließlich beschloss sie aufzustehen und ein wenig umher zu laufen. Sie fächelte sich Luft zu, ging zum kleinen Dachfenster und öffnete es, um frische Luft hinein zu lassen.

Aber es half nichts.

Der wahre Grund für ihre Schlaflosigkeit war nämlich nicht die schlechte Luft in ihrer Kammer, vielmehr war es der abendliche Streit mit ihrem Verlobten Rudolf. Es war der schlimmste gewesen, seit sie sich dazu entschlossen hatten zu heiraten. Dabei hatte der Abend so harmonisch begonnen. Er hatte sie nach der Arbeit abgeholt und in den *Schwan* zum Essen ausgeführt; danach waren sie noch am Ufer des Mains flanieren gewesen. Sophie und ihr Rudolf standen am Schaumainkai in Sachsenhausen und bewunderten den herrlichen Blick auf die Stadt. Der Dom überragte alles und wirkte in der abendlichen Augustsonne wahrlich majestätisch. Sein Sandsteingemäuer leuchtete hellrot. Genau so, wie es sich für diesen historischen Prachtbau geziemte. Sophie ertappte sich dabei, wie sie ein wenig Stolz auf diese Kathedrale verspürte, warum auch immer. Hatte sie doch nichts dazu beigetragen, dass der Dom in Frankfurt stand. Aber komischerweise ist man stolz auf die schönen Dinge, die die eigene Stadt hervorgebracht hat. Während sie diesem Gedanken nachhing, tauchte plötzlich Ursula auf dem Uferweg auf, Ursula, das durchtriebene Weib.

»Hallo Rudolf«, grüßte sie mit singender Stimme und drehte keck ihren Sonnenschirm über der Schulter. Keinen Blick und keinen Gruß hatte sie für Sophie übrig.

»Oh, ... hallo Ursula«, antwortete Rudolf reserviert. Er wusste, dass Sophie Ursula hasste. Schon des Öfteren hatte es deswegen zwischen ihnen Streit gegeben.

»Ist das nicht ein herrlicher Abend?«, fragte Ursula. Noch immer ignorierte sie Sophie, was diese nur noch wütender machte, was wiederum Ursulas Absicht war. Sophie wusste um diese Absicht, was sie dadurch noch wütender machte. Nicht nur wegen Ursula, nein, auch um ihretwillen, weil sie sich darüber ärgerte, dass Ursula diese Macht über sie hatte. Ein fataler Kreislauf der Wut begann in ihr.

»Ja, wirklich ein schöner Abend«, sagte Rudolf, weil er nicht unhöflich sein wollte. Gleichwohl bemerkte er, wie Sophie seinen rechten Arm fester an sich presste.

»Na dann, ...«, sagte Ursula und schenkte Rudolf einen vielsagenden Blick. »Viel Spaß noch an diesem wunderbaren Abend.«

»Danke«, sagte Rudolf und fügte ein »Dir auch« an.

Ursula drehte sich von den beiden weg und warf noch einen letzten schmachtenden Blick zu Rudolf, der sich ein unsicheres Lächeln nicht verkneifen konnte.

Kaum war Ursula ein paar Schritte gegangen, zischte Sophie: »Dieses Miststück.«

»Was hat sie denn getan?«, wollte Rudolf wissen.

»Hast du nicht bemerkt, dass sie mich völlig ignoriert hat?«

»Nicht wirklich«, gab Rudolf zu.

»Natürlich hat sie das. Sie hatte mal wieder nur Augen für dich.«

»Ach Sophie«, sagte Rudolf mit leicht genervtem Unterton. »Das bildest du dir ein.«

»Aha«, sagte Sophie beleidigt. »Ich bilde mir also ihre Feindseligkeit ein.«

»Die Einzige, die hier feindselig ist, bist im Moment du.«

Kaum hatte Rudolf diesen Satz ausgesprochen, bereute er ihn. Sophie löste sich von seinem Arm und stellte sich vor ihn. In ihren Augen konnte man die Wut einer eifersüchtigen Frau erkennen. Sie stemmte die Hände in die Hüfte und sagte: »Jetzt drehst du den Spieß also um.«

»Welchen Spieß?«

»Sie kommt hierher und versaut uns den wunderschönen Abend und du tust nichts dagegen.«

»Eigentlich versaust *du* uns gerade den wunderschönen Abend«, antwortete Rudolf, der das Verhalten seiner Verlobten als kindisch und unangebracht empfand.

Sophie wurde nun noch wütender.

»Wenn das so ist, dann kommst du ja auch ohne mich zurecht.« Sie raffte ihren Rock und stapfte davon. Rudolf stand verlassen am Ufer und wusste nicht, was zu tun war. Er zögerte einen Moment und ging Sophie dann nach. Als er sie erreichte, redete er auf sie ein, doch sie ließ sich nicht beruhigen.

»Sophie, jetzt bleib doch wenigstens mal stehen«, bat er sie und packte sie am Arm. Er drehte sie zu sich und sah, wie ihr die Tränen in den Augen standen.

»Was soll denn dieses Theater?«

»Diese Ursula stellt dir doch schon die ganze Zeit nach. Sie will uns nur auseinanderbringen, damit sie meinen Platz einnehmen kann.«

»Sophie, das bildest du dir ein.«

»So!«, rief sie und wischte sich eine Träne aus dem Gesicht. »Und was war letzte Woche auf dem Markt, als sie dich die ganze Zeit bedrängt hat?«

»Ich habe mich lediglich mit ihr unterhalten.«

»Du bist typisch Mann.«

»Danke.«

Sophie schaute Rudolf an. Ihr Blick wurde traurig.

»Du bist so dämlich, dass du noch nicht einmal das Werben einer Frau bemerkst. Obendrein merkst du auch nicht, wie du mich damit verletzt. Wie konnte es nur zu unserer Verlobung kommen?«

»Was habe ich denn Falsches getan?« Rudolf zog die Schultern nach oben und breitete die Hände aus. Er war überfordert mit Sophies weiblicher Logik.

»Hast du etwas mit dieser Person?«, wollte Sophie wissen.

»Was meinst du?« Rudolf war der Verzweiflung nahe. Jedes weitere Wort könnte eine Katastrophe heraufbeschwören.

»Frag‘ nicht so dumm«, keifte Sophie und stieß ihn vor die Brust.

Rudolf kam ins Straucheln, wich einen Schritt zurück und stolperte über einen Bordstein. Er verlor das Gleichgewicht und landete auf dem Hosenboden. Gedemütigt saß er vor Sophie und überlegte, was er tun sollte. Schließlich rappelte er sich auf, klopfte sich den Staub von seiner Kleidung und versuchte, seine Würde zurückzuerlangen. Er wartete auf eine Entschuldigung seiner Verlobten, die jedoch ausblieb. Bevor er die Kontrolle über sich und seine Wut verlor, wandte er sich ab und ging davon. Diesmal war sie zu weit gegangen.

Nach dem Streit war sie nach Hause gegangen und hatte sich in ihrer Kammer verschanzt. Die halbe Nacht nun schon waren die Szenen vom Abend nicht mehr aus Sophie Kopf gewichen. Sie machte sich schwere Vorwürfe. Die Uhr zeigte die erste Stunde des 15. August 1867. Wie hatte sie sich nur so gehen lassen können? Sie bereute ihre Unbeherrschtheit gegenüber Rudolf über die Maßen. Sie bezahlte dafür mit Schlaflosigkeit und einem furchtbar schlechten Gewissen.

Sie grübelte unentwegt. Reuende Gedanken und schlimme Befürchtungen jagten durch Ihren Kopf. Am Ende hatte sie vielleicht, ... nein, wahrscheinlich, Rudolf mit ihrer dämlichen Eifersucht in die Arme dieser Ursula getrieben. Lagen sie jetzt, in diesem Moment, beisammen und zerrissen sich das Maul über sie? Der Gedanke daran machte sie rasend. Sie wischte diese unerträgliche Vorstellung mit einer Handbewegung weg. Dabei stieß sie gegen die Kerze, die sie angezündet hatte, um ein wenig Licht in der Stube zu haben. Das flüssige Wachs in der Schale spritze über den Tisch floss über ein paar Papiere und spritzte an die Gardinen. Die Kerze lag auf dem Tisch und war erloschen. Sophie erschrak und atmete auf, dass nichts Feuer gefangen hatte. Sie hatte nämlich kein Wasser in der Stube.

»Das hätte schief gehen können«, murmelte sie und kramte im Halbdunkel nach Streichhölzern. Nach kurzer Suche hatte sie die Zündhölzer gefunden. Sie nestelte unbeholfen an der Packung herum und bekam eines der kleinen Streichhölzer zu fassen. Sie zog schnell es über die Reibefläche, wobei es nicht zündete.

»Noch nicht mal das funktioniert«, jammerte sie und holte ein anderes Zündholz aus der Packung. Dieses funktionierte. Zittrig entflammte Sophie den Docht. Sie schaute entrückt in die kleine Flamme und haderte weiter mit ihrem Schicksal. Einige Sekunden später spürte sie einen stechenden Schmerz an ihrem Finger.

»Autsch«, rief sie. Sie hatte das brennende Zündholz vergessen. Mit einem Reflex warf sie das Zündholz von sich. Dabei erwischte sie die Kerze erneut. Diesmal aber heftiger, als noch beim ersten Mal. Die brennende Kerze flog gegen die mit Wachs getränkten Gardinen und klemmte sich zwischen Tisch und Wand ein.

Die Flammen waren klein, aber gefräßig. Sophie starrte sie gebannt an, dann endlich konnte sie sich losreißen. Die Magd klopfte mit den Händen gegen die brennenden Gardinen, um das Feuer zu löschen, aber es funktionierte nicht. Sie suchte nach etwas, mit dem sie die Flammen erschlagen konnte, griff ohne nachzudenken nach den Papieren auf dem Tisch und schlug damit auf das Feuer ein. Dabei fing auch das Papier Feuer. Sie erkannte, dass sie einen noch größeren Schaden verursacht hatte und warf das brennende Papier von sich. Es geriet außer Kontrolle. Die Magd rannte aus dem Zimmer zum Bad, das im Erdgeschoss vier Stockwerke unter ihr war. Dort füllte sie einen Krug mit Wasser. Es dauerte eine kleine Ewigkeit, bis das Gefäß zur Gänze gefüllt war.

Sie rannte zurück in ihre Stube unter das Dach ... und kam nicht mehr hinein.

Das Feuer hatte bereits auf das komplette Zimmer übergegriffen. Sophie stand davor und erstarrte. Aus lauter Verzweiflung schüttete sie den Krug in das brennende Zimmer hinein, doch die Wirkung blieb freilich aus.

Jetzt wurde die Panik unerträglich.

»Was habe ich getan?«, rief sie und starrte entgeistert auf das Feuer, das nun loderte wie ein Schwarm Spatzen in der Luft. Plötzlich spürte sie, wie sie gepackt wurde. Sie begriff nicht. Jemand zerrte an ihr. Sie wurde die Treppen hinuntergeschleift, ohne es mitzubekommen. Erst unten vor der Tür erkannte sie den Braumeister Müller, der sie schüttelte und ihr befahl, genau dort stehen zu bleiben.

Sie nickte apathisch und rührte sich nicht. Sie starrte nur auf das Haus. Aus dem Dach quoll bereits der schwarze Rauch, der sich gegen den Mond abzeichnete. Der starke

Wind fachte das Feuer an, sodass der rote Hahn alsbald auf dem Dach saß und lautstark krähte.

In Windeseile verbreitete sich die Nachricht vom Feuer in der Fahrgasse. Die Alarmierungskette funktionierte. Schnell wurden die Männer des Viertels geweckt und rannten zum Spritzenhaus, wo sie die Feuerspritze holten. Ein Fuhrmann wurde geweckt, der sein allzeit bereitgestelltes Wasserfass holte und zur Fahrgasse jagte. Doch das alles dauerte und gab dem Feuer Zeit zu wachsen. Jetzt war auch die Sturmglocke zu hören, man hatte wohl dem Türmer des Doms Bescheid gegeben, dass ein Feuer ausgebrochen war.

Sophie stand immer noch an der Stelle, an der sie vom Braumeister Müller, dessen Magd sie war, abgestellt worden war. Jetzt hörte man auch die Trommler und Hornisten zum Feueralarm rufen. Allerorts war Chaos ausgebrochen.

Das Haus stand jetzt im oberen Bereich komplett in Flammen. Sophie musste mit ansehen, wie Franz der Brauereigehilfe in panischer Angst um sein Leben aus dem Fenster sprang und sich dabei verletzte. Es war entsetzlich. Ihr liefen die Tränen übers Gesicht. Die Schuld fraß sie auf, mit Haut und Haaren. Was hatte sie getan?

Im zweiten Stock standen die Frau des Braumeisters und einer seiner Söhne und riefen um Hilfe. Schnell wurden Leitern herbeigeschafft, um die beiden zu retten. Zum Glück konnten sie rechtzeitig entkommen, denn nur Sekunden später stürzte das Dach des Hauses unter lautem Getöse auf die Fahrgasse herunter. Dies schwächte den Brand im Hause ab. Nun schien die Gefahr, dass die Flammen auf die benachbarten Häuser übergriffen gebannt. Erleichterung machte sich breit, bis ein Junge um die Ecke gerannt kam und rief: »Der Dom brennt!«

Sofort wurden einige der Spritzen aus der Fahrgasse zum Dom befördert. Als die Männer um die Ecke bogen, sahen sie eine nicht allzu große Fläche des Daches am Dom brennen. Der Funkenflug hatte das Gebälk entzündet. Noch war Zeit, den Schaden schnell zu beheben, aber die entscheidende Frage war, wie man das Wasser schnell genug bis dort hinauf bekommen sollte. Ein Versuch, mit der Spritze vom Boden den Brand zu löschen misslang. Man schaffe es einfach nicht, das Wasser hoch genug zu werfen. Schnell bemerkte man die Sinnlosigkeit des Unterfangens und beorderte Männer über das Dach der Domschule, um dem Feuer beizukommen. Doch auch das misslang. Das Feuer war nun nicht mehr zu bändigen. Gierig holte es sich seine Nahrung aus dem hölzernen Dachstuhl des Doms und dem darunter gelagerten Gerümpel. Durch die Schieferbedeckung wurde ein Löschen unmöglich, das Wasser prallte einfach davon ab. Jetzt brannte auch die Domschule, man versuchte noch in höchster Eile, Dinge zu retten, die unter dem Dach der Schule gelagert wurden. Das Löschen des Feuers hatte man da bereits aufgegeben. Es war zwecklos. Wind kam auf und flammte den Brand immer weiter an, ein schillerndes Inferno entstand und fraß alles auf, was ihm in die Quere kam. Der Dom war eine einzige riesige Fackel. Bei all dem musste Sophie hilflos zusehen und war kurz davor, den Verstand zu verlieren. Sie begriff nicht, was geschehen war. Ihr Begriffsvermögen konnte dieses Szenario nicht verarbeiten.

Die Menschen hasteten vom Domplatz, die Hitze war nicht mehr auszuhalten. Viele rannten nach Hause, um ihre eigenen Häuser vor dem Flugfeuer zu schützen. Die Thermik schoss immer wieder brennende Teile in die Höhe und verursachte neue Brandherde. Eine riesige Glutfahne stand über dem Dom und vernichtete gnadenlos alles Brennbare. Jetzt konzentrierte sich die helfende Masse, die nun auch von den 34sten Infanteristen unterstützt wurden, darauf, das Übergreifen der Flammen auf andere Gebäude so gut es ging zu verhindern.

Sophie hatte sich aus ihrer Starre lösen können und half nun bei den Löscharbeiten bis an den Rand der Erschöpfung. Sie schleppte Wasserkrüge, um die Spritzen zu füllen, löschte selbst kleine Glutnester, die sie entdeckte, kümmerte sich um Verletzte und versorgte die Helfer mit Getränken. Dabei legte sie solch einen Eifer an den Tag, dass ein mancher sie nicht mehr vergaß. Für jeden hatte sie aufmunternde Worte und ein Lächeln übrig, sie wuchs über sich hinaus. Sie wurde zum Engel der Helfer. Niemand ahnte, dass alles ihre Schuld war. Als um fünf Uhr am Morgen des 15. August 1867 mit dumpfem Dröhnen die Glocken aus dem Domturm zu Boden stürzten, zerbrach die letzte Hoffnung, noch irgendetwas zu retten.

Doch wenigstens hatte das Flugfeuer aufgehört. Wenngleich der gesamte Dom in Flammen stand, konnte man doch wieder deren Bekämpfung aufnehmen. Es dauerte bis zur zehnten Stunde des Tages, bis dem Feuer die Nahrung ausging und es langsam erlosch.

Vier Menschen hatten in jener Nacht ihr Leben verloren. Als Sophie davon erfuhr, wurde die Schuld für sie unerträglich. Doch sie wagte nicht sich zu offenbaren. Zeitlebens verachtete sie sich wegen ihrer Feigheit. Sie erlangte nie wieder unbekümmerte Fröhlichkeit. Ein dunkler Schatten lag nun über ihr. Um Buße zu tun, löste sie die Verlobung mit Rudolf, schwor sich, für alle Zeiten keusch zu leben und schloss sich der Stiftung zum Heiligen Geist an. Dort widmete sie sich fortan den Kranken und Gebrechlichen der Stadt. Niemals wieder verlor sie ein Wort über diese schreckliche Nacht.

Es war nicht ungewöhnlich zu dieser Zeit, dass ein Feuer ausbrach. Natürlich höchst selten in diesem Ausmaß, so machte man niemandem Vorwürfe. Einige der Gebäude waren versichert, viele nicht, was weitere bittere Schicksale bedeute. Aus Zufall besuchte noch am selben Tag der in Frankfurt ungeliebte König der Preußen Wilhelm die Stadt und besah sich die Unglücksstelle. Beeindruckt von dem Ausmaß der Katastrophe, versprach er spontan, Geldmittel für den Wiederaufbau bereitzustellen, den die Frankfurter Bürger umgehend in Angriff nahmen. Beliebter wurde der Kaiser durch seine Spende in der Stadt allerdings nicht. Immerhin steht noch heute in der Hauptglocke des Doms *»Gloriosa heiß ich, Kaiser Wilhelm gab mich, J.G. Große goss mich«*

Friedrich Stoltze hingegen schrieb aus Frust über die preußische Besatzung und den Dombrand in der *Frankfurter Latern*:

Alles, was uns lieb und theuer,
Was uns heilig, hoch und werth:
Unsere Tempel fraß das Feuer,
Unsere Freiheit fraß das Schwert

Über den Autor – Meddi Müller

Feuerwehrmann, Schriftsteller, Verleger, Radio-Moderator und Comedian. All das ist der Frankfurter Kultautor Meddi Müller. Bereits acht historische Frankfurt-Romane sind aus seiner Feder entstanden. Mit seiner *Türmerreihe*, die in den Anfängen des 20. Jahrhunderts die Kriminalfälle des Frankfurter Domtürmers Heinrich Niemann und dessen Freund Kommissar Schuhmann erzählt, gehört er zu den meistgelesenen Autoren der Stadt. Durch seine skurrilen Kurzgeschichten schafft er es regelmäßig, sein Publikum zu begeistern.

Er ist Gründer und Miteigentümer des *CharlesVerlag*.

In seiner eigenen Radioshow auf *RadioX*, *Meddis Nähkästchen*, lädt er einmal im Monat bekannte und weniger bekannte Künstler aus der Region zum Plausch ein. In seiner Comedy-Show »*Meddi rescht sich uff*« nimmt er die Probleme des Alltags mit hessischem Humor aufs Korn.

Mehr erfahren unter meddimueller.com

Nicht nur gekrönte Häupter

Der Kaiserdom ragte als höchstes Gebäude der Stadt über alle Dächer hinaus und bot das weithin sichtbare Wahrzeichen unserer Stadt; und das über Jahrhunderte hinweg. Dies galt so lange, bis der DGB auf die Idee kam, als Machtdemonstration seine Zentrale in der Wilhelm-Leuschner-Straße zu bauen. Das Gebäude gilt als erstes Hochhaus Frankfurts. Was daraus geworden ist, können Besucher, Einheimische und *Eingeplackte* heute gleichermaßen bewundern. Für die einen ist die Frankfurter Skyline eine - zumindest in Europa - einzigartige, faszinierende Kulisse, für andere stellt sie Normalität dar, und manche reden sogar von einer Bausünde.

Dem Dom als Gemäuer wird es reichlich egal sein, was man über ihn denkt. Er hat weit mehr durchgemacht, als sich manch einer vorstellen kann. Seine Entstehungsgeschichte reicht bis ins 7. Jahrhundert zurück. Bei Ausgrabungen hat man alte Fundamente gefunden, die dem Dom zugesprochen werden können. Diese Ausgrabungen wurden natürlich durch uralte Dokumente bestätigt. Sein derzeitiges Erscheinungsbild, hat er nach dem großen Brand von 1867 erhalten. Davor hatte er keine echte Spitze, sondern eine gewöhnungsbedürftige Rundkuppel, die eher an ein unvollendetes Werk erinnerte. Was ja auch nicht ganz falsch war, denn diese eher hässliche Variante des Daches entstand aus Geldmangel und wurde als Notkuppel oben draufgesetzt.

Natürlich musste der Dom auch nach dem 2. Weltkrieg wieder aufgebaut werden, aber da hat man sich an die vorherige Form gehalten. Im Wesentlichen wurde der Dom zwischen 1250 und 1514 errichtet.

Vor allem im 19. Jahrhundert galt der Frankfurter Dom als Symbol der deutschen Einheit. In diesem sakralen Bau wurden über viele Jahrhunderte hinweg die deutschen Kaiser gekrönt. Und genau und allein aus diesem Grund haben wir in Frankfurt einen Dom. Denn es hat niemals ein Bischof in unserer Stadt residiert. Das Gebäude war also von jeher von politischer Bedeutung. Das Salvatorstift, später *Bartholomäusstift*, war beinahe 1000 Jahre lang Hausherr des Domes und gehörte zeitweise zu den bedeutendsten seiner Art im gesamten Reich. Das Stift erlebte eine lange, bewegte Geschichte, die diesen Rahmen hier sprengen würde, und wurde erst mit dem Reichsdeputationshauptschluss 1803 aufgelöst. Heute ist die Stadt Frankfurt die Eigentümerin des Doms. Sie überlässt das Gebäude allerdings den Katholiken zur Nutzung als Pfarrkirche. Das wurde im Jahr 1830 so festgelegt und hat seither Bestand.

Mit der Schädeldecke des Apostels Bartholomäus, der seit 1239 Patron der Kirche ist, befindet sich eine heilige Reliquie im Dom. Ganz so, wie sich das für ein Gotteshaus mit dem Renommee eines Kaiserdoms geziemt. Bartholomäus, der auch der Namensgeber der heutigen Gemeinde ist, gilt als einer der zwölf Apostel Christi. Entsprechend wertvoll sind seine Gebeine für den Dom und die katholische Kirche. Ob das nun wirklich seine Kopffragmente sind, die im Dom daniederliegen, weiß nur Gott allein. Aber als Reliquie taugen die Knochen allemal.
Bevor die Kaiserkrönung in Frankfurt vollzogen wurde, fand sie in der Peterskirche in Rom statt. Die Krone wurde durch den Papst persönlich auf den Kopf des künftigen Kaisers gesetzt. Vorausgesetzt wurde allerdings die vorherige Krönung zum Römischen König. Diese erfolgte seit 936 üblicherweise in der Aachener Pfalzkapelle, der Grabeskirche Karls des Großen, als dessen Nachfolger die Kaiser sich betrachteten.

In der Goldenen Bulle Karls IV. von 1356 wurde Frankfurt als Ort der Königswahl festgelegt. Seit der Zeit Maximilians I. galt der von den Kurfürsten zum König Gewählte auch ohne Zustimmung und Krönung durch den Papst als *Erwählter Römischer Kaiser*. Somit konnte man sich die beschwerliche Reise nach Rom künftig sparen und das Prozedere in der schönsten Stadt am Main in aller Ruhe durchführen, denn in der Folge galten die Königs- zugleich als Kaiserkrönungen. Sie fanden von 1562 an – in der Regel wenige Tage nach der Wahl – ebenfalls in Frankfurt statt. Diese Tradition endete erst mit der Auflösung des Heiligen Römischen Reichs Deutscher Nation im Jahre 1806.

Im Laufe der Jahrhunderte entstanden für Wahl und Krönung feste Rituale, die teilweise auch an die im Dom vorhandenen Baulichkeiten gebunden waren. Eine interessante Randnotiz dazu ist der *Schweineerlass*. Dieser besagte, dass zu Krönungszeiten in der Stadt gefälligst die Schweine von der Straße zu verschwinden hätten und ins Haus geholt werden müssten. Also kann man davon ausgehen, dass die Schweine zu Zeiten, an denen keine Krönung stattfand, frei herumgelaufen sind, was die hygienischen Bedingungen der guten alten Zeit sehr gut beschreibt. Auch gab es den *Laternenerlass*. Dieser wiederum besagte, dass in der Dunkelheit Laternen mitzuführen seien. Das waren allerdings keine Laternen, wie wir sie heute kennen. Vielmehr waren es Kerzen in Glaskästchen. Je nach Stand befanden sich ein, zwei oder gar drei Kerzen in dieser Laterne. Und wenn sich zwei Nachtschwärmer auf dem Bürgersteig begegneten, musste der mit weniger Kerzen in der Laterne den Bürgersteig verlassen und unter Umständen durch den Matsch laufen.
Doch zurück zum Dom. Schauen wir uns einmal die Architektur des Gebäudes an. Wir könnten an dieser Stelle

ausschweifend über den romantischen Baustil berichten, der seine Wurzeln in der merowingischen Bausubstanz hat und erläutern, wer wo wie was an-, um- und aufgebaut hat. Keine Frage, und sicher auch interessant, … machen wir aber nicht. Denn das *Viertelstündchen* hat den Anspruch, seinen Leserinnen und Lesern einen Mehrwert zu bieten, indem wir Ihnen das zeigen, was nicht jeder weiß. Aus diesem Grund schauen wir uns die ersten 20 bis 30 Meter des Turms einmal genauer an.

Was dem aufmerksamen Betrachter hier sofort auffällt, ist, dass bis zu einer gewissen Höhe der Bau ziemlich schmucklos ist. Während weiter oben doch so einiges an baulicher Verzierung zu finden ist. Wenn man ein wenig darüber nachdenkt, könnte man vielleicht auf den Grund dieser baulichen Sparmaßnahme kommen. Wir ersparen Ihnen allerdings diese Anstrengung und lassen die Katze aus dem Sack: Rund um den Frankfurter Dom hat sich früher ein enges Geflecht von Häuern gezogen, kleine Plätze und schmale Gassen dominierten in der Frankfurter Innenstadt. Eine der romantischsten Altstädte der Republik war hier angesiedelt. Über Bausubstanz, Beschaffenheit und Lebensbedingungen der Altstadt, erfahren Sie mehr in diesem *Viertelstündchen* an anderer Stelle. Dennoch ist es für die Auflösung unserer Frage wichtig zu wissen, dass es hier sehr eng zuging. Zwar konnte man den Dom bis weit über die Stadtgrenze hinaus sehen und als Wahrzeichen und Orientierungspunkt nutzen. Aber nur den oberen Teil des Turmes. Der Rest bis zu einer Höhe von eben diesen 20 bis 30 Metern wurde durch die zahllosen Häuser rund um den Dom verdeckt. Selbst aus geringer Entfernung konnte man den unteren Teil nicht sehen. Erst, wenn man unmittelbar davorstand und sich den Hals verrenkte, um die Fassade genauer in Augenschein zu nehmen, hätte man den Schmuck am Fuße des Turms erkennen können. Da das für das

Marketing nicht relevant war, wie man heute sagen würde, hat man sich die teure Verzierung gespart und eben erst dort angefangen, schön zu bauen, wo es auch gesehen wurde. So, nun haben Sie einen Wissensvorsprung, den sie bei Ihren Gästen, die Sie in unserer schönen Stadt besuchen, nutzen können.

Aber der Dom hat noch so viel mehr zu bieten. Wer sich fit genug fühlt, sollte unbedingt den Turm besteigen. Es gilt 66 Höhenmeter und 328 Stufen zu überwinden, bevor man mit einer grandiosen Aussicht belohnt wird. Auf der rundumlaufenden Aussichtsplattform kann man Frankfurt, zwar nicht von ganz oben, aber von ziemlich weit oben betrachten. Die beeindruckende Hochhäusersilhouette liegt nun direkt im Blickfeld, Sachsenhausen liegt zu Ihren Füßen, und bei gutem Wetter kann man den Taunus im Norden und den Flughafen im Süden sehen, also beinahe das ganze Rhein-Main Gebiet überblicken. In der Spitze des Turmes befindet sich noch immer die Wohnung des Türmers. Wenn Sie mehr über das Leben des Türmers wissen möchten, der dort oben gelebt hat, schließen Sie sich doch einer Führung an oder lesen Sie, der Hinweis sei erlaubt, unsere Türmer-Krimi-Serie im *CharlesVerlag*.

Der Dom ist eines der prägenden Gebäude unserer Stadt. Könnten seine Gemäuer reden, so hätten sie viel zu erzählen. Zum Beispiel von den vielen gekrönten Häuptern, von den Beichtgeheimnissen der vielen Sünder, die ihn betreten haben, von Relikten, die dort ihre ewige Ruhe gefunden haben und als Heiligtümer geschützt werden, von Trauer, Freude und innerer Einkehr … oder aber vom großen Brand 1867, dem er zum Opfer fiel.

Alles andere als kalter Kaffee!

Ein Essay von Thomas Ranft

»Yes, please?«, sagt die Bedienung hinter der Theke und blickt den etwa 50 Jahre alten Mann auffordernd an. Der sagt nach einem schweifenden Blick über die Angebotstafel an der Rückwand: »Isch hätt gern nen Kaffee!« Jetzt wird's spannend, denke ich und kann mir ein Grinsen kaum verkneifen. Ich stehe in der Warteschlange bei Starbucks an der Börse, wir schreiben das Jahr 2010. Willkommen in den Frankfurter Wirklichkeiten. Die Frau hinter der Theke ist, nennen wir es mal verwirrt. Hier im Zentrum der hessischen Metropole wird gerne Englisch gesprochen, und es scheint, als fiele ihr das leichter als Deutsch. Aber das ist hier nicht das Problem. Sie sagt also mit leichtem Akzent: »Nein, ich meine, was möchten Sie trinken?« Jetzt liegt es an dem Mann, irritiert zu sein: »Äh, Kaffee?«, und mit Nachdruck: »Eine Tasse Kaffee!«

»Soll es ein Cappuccino sein oder ein Flat White, vielleicht ein Caramel Macchiato oder nur ein Espresso Macchiato, ich könnte Ihnen natürlich auch eine Iced Vanilla Latte machen oder ein Caramel Cream Frappuccino, wenn Sie das möchten.«

»Neee, isch möcht nen Kaffee. Einfach nur Kaffee!«, sagt der Mann jetzt doch einigermaßen genervt und eine Spur lauter.

»Ah, dann also wohl eher ein Caffé Americano oder gleich Fresh Brewed?« schiebt die Angestellte eifrig nach, und als sie den jetzt aber wirklich höchst verärgerten Blick des Kunden sieht, »Nein, sicher, den Fresh Brewed«. Wenn Sie jetzt glauben, das sei das Ende der Geschichte, darf ich Sie enttäuschen. »Welche Größe denn?« »Eine ganz normale Tasse.« »Also wir haben Tall, Grande oder Venti.« »Nicht

Tall, ich möchte keine große Tasse«, sagt der Mann und beweist damit, dass er des Englischen durchaus mächtig ist. »Sorry, aber Tall ist unsere kleinste Größe«, antwortet die Angestellte. Um es kurz zu machen, der Mann bekam seinen Kaffee, Tall, in einer Porzellantasse und nicht to go, nachdem er seinen Vornamen sagte, der dann auf einem Zettelsche (hessisch) an der Tasse platziert wurde, und er hat bar bezahlt.

Wer vor 40 Jahren eine Tasse Kaffee trinken wollte, ging entweder nach Hause und brühte sich dort selbst einen auf, oder er ging in ein Kaffeehaus, möglichst nicht draußen auf der Terrasse, denn dort gab's nur Kännchen. Kaffee war Kaffee, und fertig. Die Qual der Wahl bestand nur darin, welchen Kuchen man dazu essen wollte.

Wenn ich heute bei Starbucks einen Kaffee bestelle, klingt das so: »Ich hätte gerne einen tall low fat kids no foam Caffee Latte to go, ich bin Tom.« Ich heiße zwar Thomas, aber Tom schreibt sich schneller auf den Pappbecher, den der Kassierer dem Barista hinstellt, damit der dann exakt 355ml (tall) Milchkaffee (Caffee Latte), die Milch mit 1,5% Fettanteil (low fat), nur 55 Grad warm (kids) ohne Schaum (no foam) zubereitet. Ich mag halt Flüssigkeit in meinem Becher haben, nicht nur Schaum, und nicht zu heiß, damit ich mir nicht die Zunge verbrenne. Die 1,5%-Milch sag ich nur dazu, damit die Bestellung länger klingt. Man muss als Kunde ja auch seinen Spaß haben. Nur in einem bin ich oldschool: Ich zahle meinen Kaffee nicht mit Kreditkarte.

Heutzutage wird es ja immer normaler, selbst die kleinsten Beträge mit Karte zu bezahlen. Ich weiß noch, wie im Bankenviertel Anfang der 2000er der Kaffeekunde vor mir, so ein junger Banker im weißen Hemd, Ärmel hochgekrempelt, wahnsinnig wichtig, seinen Venti Cappuccino mit der schwarzen Kreditkarte bezahlte, und ich dachte: Was für ein Depp! Und wie weit entfernt vom wirklichen Leben. Und so einer ist dann verantwortlich für Millionen und Milliarden von, vermutlich unseren, Euros? Na Mahlzeit.

Dieser Trend zur Karte scheint aber nicht aufzuhalten zu sein, was ich persönlich sehr bedauere. Ja, das hat Vorteile, man muss weniger Bargeld rumtragen, man kann schlechter beklaut werden, man muss nicht mehr Kopfrechnen, aber ganz ehrlich: Ich mag Kopfrechnen, und ich mag es NICHT, dass in irgendwelchen Datenbanken registriert wird, wenn ich einen Kaffee bezahle. Ein kleines Stück Privatsphäre möchte ich mir doch noch erhalten.

Nun lässt es sich aber nicht verleugnen: Die Welt ist im Wandel, Frankfurt ist im Wandel. Kaffee ist ein gutes Beispiel. Und ob es mir nun passt oder nicht, der Wandel ist, in der Natur wie in der Gesellschaft, in der Geschichte und beim Kaffeekauf, die einzige Konstante in unserem Leben. Als ich in den 90ern nach Frankfurt kam, war die Skyline kleiner, und die Stadt viel weniger charmant und deutlich weniger international. Zumindest gefühlt. Frankfurt verändert sich wie jede Großstadt weltweit. Und Frankfurt wächst. Geradezu bemerkenswert. Was eine Menge Zündstoff bietet.

Wo kommt neuer Wohnraum her, wo soll neuer Wohnraum hin, auf welchen Straßen und in welchen Bahnen sollen die ganzen neuen Menschen fahren? Es wird enger in den Städten, und Stadtplaner müssen heutzutage nicht nur darüber nachdenken, wo wie viel hingebaut werden kann, sondern auch, ob das Quartier für die Menschen dann auch lebenswert ist. Wie sieht es aus mit Freizeiteinrichtungen, wie sieht die Verkehrsanbindung aus, und jetzt Achtung: spezifisches Frankfurter Problem, wie groß ist die Lärmbelastung? Oben drauf kommt der Klimawandel.

Es wird heißer in den nächsten Jahren und Jahrzehnten,

und wenn wir eines wissen, dann, dass Sommernächte nur auf dem Papier gut klingen. In Städten können sie unerträglich sein. Wenn es auf der Zeil nachts 5 Grad wärmer ist als in Niedererlenbach, dann ist es ganz wichtig, dass Stadtplaner darauf achten, am Riedberg bloß kein Haus auch nur ein Stockwerk zu hoch bauen zu lassen. Warum? Weil kalte Luft im Umland entsteht, zum Beispiel in Richtung Taunus. Über Wiesen und Wäldern kühlt es abends deutlich schneller ab als über Beton. Kalte Luft ist schwerer als warme, und diese kalte Luft aus dem Taunus »kullert« in den Nachtstunden abwärts, über den Riedberg in Richtung Stadtzentrum. Wenn kein Haus im Weg steht, wird also stickige Stadtluft ausgetauscht. Ein toller Effekt, oder? Darauf gleich mal eine weitere Tasse Kaffee.

Die man ja in immer neuen Stadtvierteln trinken kann. Frankfurt wächst derzeit (2018) pro Tag um 27 Neubürger. 27 Menschen, denken wir das mal in Einfamilienhäusern, dann ist das eine ganze Straßenzeile. Jeden Tag. Auch sonntags. Das muss man erstmal bauen. Statistisch gesehen, und jetzt halten Sie beim Lesen bitte Ihre Kaffeetasse gut fest, werden in Deutschland pro Kopf 490 Tonnen Baumaterial verbaut. Denn da geht es ja nicht nur um unsere eigenen 4 Wände, sondern auch um unseren Anteil an der Straße, am Kanal, am Feuerwehrhaus und an der Oper, die ja demnächst auch neu gebaut oder zumindest saniert werden muss. 27 mal 490 Tonnen täglich, das sind über 13.000 Tonnen Baumaterial, die tagtäglich nach Frankfurt geschafft werden müssen. Puh. Da ändert sich die Welt und die Sicht auf die Welt, oder?

Nun, wenn ich aber etwas an Frankfurt mag, dann, dass hier im Großen und Ganzen Tradition und Moderne parallel und miteinander vernetzt existieren. Auch wenn es bei der Kaffeebestellung an der Starbuckstheke schon mal zu Verwirrungen kommt, ich mag es, dass hier tagsüber Big

Business gemacht wird und man abends auf urigen Bänken im Apfelweinlokal zusammensitzt und lacht. Dann zeigt sich, dass Frankfurt die internationalste Stadt Deutschlands, aber zugleich auch ein großes Dorf geblieben ist.

Nehmen wir nur Wacker's Kaffee. Seit 1914 wird am Kornmarkt traditionell der eigene Kaffee geröstet. Wacker's Kaffee ist in Frankfurt eine Institution und Kult. Wer daheim eine eigene gute Kaffeemaschine hat, kauft gerne die in Frankfurt gerösteten Bohnen, es gibt Filialen auf der Bergerstraße, aber auch am Grüneburgweg oder am Riedberg. Das Stammhaus am Kornmarkt ist bemerkenswerte 80 Quadratmeter klein, und die Eigner legen Wert darauf, dass es nicht erweitert oder dramatisch modernisiert wird. Man denkt zwar modern, will aber den alten Charme auf keinen Fall verlieren. Und deswegen gilt heute wie schon früher: Stellen Sie sich mit Ihrer Tasse Kaffee vor den Laden auf den Bordstein, oder wechseln mit dem Porzellan sogar die Straßenseite und setzen sich gegenüber auf die Mauer. Das ist wahre Frankfurter Geselligkeit und Gemütlichkeit. Kaffeegenuss ist Kultur, und diese Kultur lebt in der Mainmetropole.

Wobei, seien wir ehrlich, diese Kultur auch in »to go« existiert. Coffee to go, oder wie ich in Limburg in einem Kaffee auf einer Schiefertafel las: »Coffee to go, auch zum Mitnehmen«, ist ebenfalls ein Trend der Neuzeit. Kaffee im Pappbecher, das macht den Getränkegenuss mobil. Ja, da lässt sich der Genuss nicht sooo zelebrieren, aber ich persönlich finde das ganz praktisch. In Zeiten, in denen wir alle gefühlt immer weniger Zeit haben, trinkt man die braune Köstlichkeit halt immer häufiger unterwegs.

Das ist Umweltschützern aus nachvollziehbaren Gründen ein Dorn im Auge. Was für eine Ressourcenverschwendung! Pro Stunde werden in Deutschland geschätzt über 300.000 Kaffeebecher weggeworfen. Ich war am Dom auf einer

Veranstaltung zum Thema Umwelt, wo mit einer Pappbecherinstallation auf die gedankenlose Umweltsauerei hingewiesen wurde, und alle Anwesenden nickten und verstanden das Problem. Ja, Pappbecher sind böse. Mehrweg ist viel besser. An der Uni gibt's gar keine Pappbecher mehr, an der »Wacker's« -Kaffeemaschine am Ticketcenter beim HR im Dornbusch auch nicht mehr. 300.000 Becher pro Stunde verursachen rund 100.000 Tonnen Abfall pro Jahr in Deutschland. Das ist natürlich nicht gut. Aber um das mal ins Verhältnis zu setzen Allein die Plastikverschlüsse von Flaschen verursachen mehr als die doppelte Menge an Abfall. Plastikabfall wohlgemerkt. Also ganz so viel ist es dann halt durch die Kaffeebecher doch nicht.

Ich persönlich habe dazu eine ganz eigene Meinung. Ja, ich bin absolut dafür, die Umwelt und die Ressourcen zu schonen. Aber da kommen nun mehrere Dinge zusammen. Zuallererst müssen wir damit leben, dass wir Menschen sind. Und Menschen handeln in den seltensten Fällen vernünftig. Was noch keine gute Ausrede ist, nur eine Beschreibung. Darüber hinaus ist mir meine persönliche Umwelt erstmal wichtiger als die große ganze, womit ich vermutlich nicht alleine bin. Wenn ich mit einem Mehrwegbecher an der Kaffeetränke die braune Kostbarkeit hole, um sie dann an meinem Schreibtisch zu trinken, steht da im Anschluss eine verschmutzte Tasse. Ja, ich könnte natürlich vorlaufen in die Küche, dort die Tasse auswaschen und mit meinem eigenen Trockentuch abwischen, um sie dann wieder zum Schreibtisch zurückzubringen, wo ich sie natürlich nicht vergesse, wenn ich das nächste Mal auf dem Weg durch den Sender an der Kaffeestation einen neuen Kaffee trinken möchte. Merken Sie was?

Ich kenne mich, und ich kenne andere, Kollegen zum Beispiel. Leere dreckige Tassen haben die Angewohnheit, eine hohe Verweildauer an den ungeeignetsten Orten zu entwickeln. Hinter Monitoren, auf Fensterbänken, in Schreibtischschubladen und überall dort sorgen diese benutzten leeren Tassen für eine, ich sag es mal höflich, nicht so saubere Umwelt. Wie gesagt, weil mir meine persönliche Umwelt wichtig ist, kaufe ich Kaffee to go im Pappbecher, denn den räume ich ordentlich auf, im Mülleimer. Wer jetzt sagt: »Ranft, du bist faul!« hat natürlich Recht, aber wir dürfen doch festhalten, dass genau das die Wirklichkeit ist, nicht nur von mir, sondern von den meisten Menschen. Wir sind faul und lieben das Praktische, und wir werden Pappbecher so lange benutzen, bis sie verboten sind.

Herzlich Willkommen in der Wirklichkeit menschlicher Logik.

Ist eigentlich der Preis ein Grund für oder gegen Kaffee? Wenn die Latte Macchiato beim Hinnerbäcker 2,30 Euro kostet, in der HR-Kantine der kleine Cappuccino (im Pappbecher, kostet 10 Cent extra) 1,70 Euro und im Gegensatz dazu bei Starbucks ein ordentliches Kaffeegetränk gefühlt so viel wie ein kleines Steak, und dennoch alle Geschäft mit Kaffee machen, dann kann Preis anscheinend kein Problem sein. Kaffeepreise sind sowieso verrückt.

Ich erinnere mich, dass meine Eltern in den 70ern immer geschaut haben, dass das Pfund Kaffee weniger als 8 Mark kostet. Erschreckend, aber wahr, bei Discountern gibt es auch heute, 40 Jahre später, das Pfund preiswerten Kaffee noch für 4 Euro.

Wie kann das gehen? Gilt die allgemeine Teuerungsrate nicht bei Kaffee? Was für eine Qualität kann da überhaupt in der Tüte stecken? Und was haben die Kaffeebauern wohl dafür bekommen.?

Wir dürfen davon ausgehen, dass »die Großen« dafür sorgen, dass die Einkaufspreise nach unten gedrückt werden, am Transport rund um die halbe Welt lässt sich kaum etwas ändern, aber am Reifen, Rösten und Zubereiten des Kaffees, da kann man sparen. Gut, dann geht der Geschmack flöten, aber Hauptsache billig.

Das ist sehr schade, denn haben Sie nicht auch diese Kindheitserinnerung, wie der Kaffeeduft sonntagmorgens durchs Haus zieht und Peter Cornelius aus dem Radio trällert: »Der Kaffee is fertig, klingt des ned unheimlich zärtlich? Wann die ersten Sonnenstrahln auf meine Augn niederfalln, dann hör I die Stimm, die wie Glockn klingt, sagn: der Kaffee is fertig!«

Bei den inzwischen so angesagten Kaffeemaschinen für Tabs geht dieser Geruch leider völlig verloren. Da kann George Clooney noch so sehr behaupten: »Nespresso, what else?« , der Geruch ist futsch.

Gut, dafür schmeckt der Kaffee nicht schlecht, und Kaffee shoppen in einem der angesagten Nespresso-Stores am Goetheplatz oder im Myzeil ist ohne Frage schick. Gefühlt gibt man aber fast so viel Geld aus wie beim Juwelier um die Ecke.

Möglicherweise neigt sich auch der Espresso-Cappuccino-Latte-Macchiato-Trend allmählich dem Ende entgegen. Kaffee wird immer weniger unter Druck gesetzt. Junge hippe Startups haben zum Beispiel im Europaviertel, im Oederweg oder der Leipziger Straße Cafés eröffnet, in denen Kaffee wieder durch Filter läuft. Filterkaffeespezialitäten, Fachsimpelei über die jeweils richtige Wassertemperatur- und Qualität, den Mahlgrad und ähnliches, die richtige Kannen- und Tassenwahl, hier sind Menschen zu finden, die Kaffee lieben. Und damit ein bisschen zu dieser Kultur der Stadt Frankfurt beitragen. Lecker, oder?

Über den Autor – Thomas Ranft

Nach zehn Jahren Privatradio-Moderation bei Lokalsendern im süddeutschen Raum, wechselte Thomas Ranft 1997 zum Hessischen Rundfunk, wo er seitdem als Moderator und Redakteur der Wetterredaktion für zahlreiche Sendungen im Ersten, bei Eins Extra, im Südwestfernsehen und im hr-fernsehen auftritt.

Seit Januar 2001 moderiert er die werktägliche 15-minütige Sendung »alle wetter!« im Vorabendprogramm des hr-fernsehens, für die er 2008 mit dem Medienpreis Meteorologie für die beste Wettersendung im deutschsprachigen TV ausgezeichnet wurde.

Seit 2006 moderiert er das wöchentliche Wissensmagazin »Alles Wissen« im hr-fernsehen. Ebenfalls seit 2006 ist er als Wettermann für Teams und Veranstalter bei Tourenwagenrennen tätig. In der DTM-Saison 2009 verstärkte er das ARD-Team als Wettermann und Reporter für Technikwissen. Neben seiner TV-Tätigkeit ist er auf Veranstaltungen präsent, z. B. für den Hessischen Rundfunk beim Hessentag.

Thomas Ranft lebt heute in der hessischen Wetterau.

Mehr erfahren unter ranft.tv

Kein Lesen ist der Mühe wert, wenn es nicht unterhält.

William Somerset Maugham